安藤元雄
詩集集成

水声社

安藤元雄詩集集成

目次

安藤元雄詩集集成

詩集　秋の鎮魂（1957）

序

僕はいつ何処で、初めて安藤元雄君に会ったのかよく思い出せない。しかし多分、信濃追分の埃くさい街道に、ひょろりと立っていたのが最初の印象だっただろう。とうもろこしの大きな葉に風がそよぎ、その向うに浅間山が晴れ上って幽かな煙を吐いている。しかし火山灰地の乾きやすい街道は、バスやトラックがひっきりなしに走って、濛々と砂塵をあげている。安藤君は埃の中で恥ずかしげに笑った。

詩人というのはいつでも埃の中にいて、遠くの方の風景を見ている。風景の方が彼に近づき、彼を取り巻き、彼の中にまで浸入する。だから安藤君は高原にいても、彼の好きな海の匂を感じ、潮風を聞き、海鳥の飛び交うのを見ているだろう。

しかし風景が彼の内部に沈んで来ると、そこで意識の物たちは埃っぽい現実を捨象して、暗い澱んだ瘴気を漂わせ始める。抒情的な風景から心象の描く内部風景までの間を、安藤君は立ち止ったり歩いたりしながら、段々に彼自身の「国」の方へ僕らを案内する。この国は今のところ、まだそう肥沃なわけではない。しかしそこには僕等を共感に誘う何かがある。

安藤君はまだ若い、そして詩は若い時に書くべきものだ。やがて詩が書けなくなるまでに、その道は曲がりくねってしばしば人生の錯誤へと彼を導くだろう。詩はそうして深まって行くだろう。彼の中のしなやかなものが、更に靭い純粋さへと晶化するように。埃の舞う街道に立つ彼の微笑が、いつまでも消えないように。

福永武彦

物語

ひとつの墓地の傍《かたわら》で
昔の樫が路に倒れ
石畳の向うで
鶏どもが逃げまどうのだ
野と森との方へ道は走り
両腕を拡げ語り尽そうとする女たち
いきなりかげる
焦茶色の森
はもう見えない

鶏が叫ぶ　鶏が叫ぶ
皿を砕いて
車は家畜のように逃れて行く
薄闇の底へと傾く髪を垂れ
背後の軋みに追われて駈け下りて行く
そして小麦はことごとく失われたと

初秋

草に埋もれた爪先上りの道が、その白壁に尽きている。もしも空の美しい日、ひび割れた漆喰に影を落して佇むなら、おまえはどうしても気づかずにはいないだろう、午後の日ざしがあらゆるものを睡らすとき、その壁からかすかに磯波の音がとどろき、海鳥の声が落ち、遠く潮《うしお》が風のように匂うのを――

いぶかしげに見まわすおまえの目に、しかしむろん海もその波も映りはしないだろう。ここは落葉松《からまつ》の林にかこまれた山あいのひっそりした村はずれ、おまえの吸う空気にも樹の肌の匂いがするばかりで、鳥たちの啼声もとだえがちのようだ。だが、そこには少しかしいでその廃屋の白壁がある……

ああ、おまえは信じるだろうか、この壁に遥かに海が秘められているということを。


行ってごらん、足音をしのばせて。

——藻の香りの漂う浜の風が、季節を過ぎたおまえの夏帽子のリボンを、ふとそよがせるかも知れないのだから。

おそい午後

過ぎて来た海を夢みながら
鋪石にかがめば
道には潰れた蛾の
羽根ばかり
湖水一つないこの町の歩道で
探りあてた失意
の頰に見入るとき
日が冷え冷えとさし
街は紙のように影を失くしている

犬の歌

僕に何をさせようと言うのだ
僕はどこへ傾けばよいのだ
人たちは淵のように平地を歩き
海は近かったり遠かったりする

たとえ
くろく死んだ水の上にであれ
一つの橋がかけられている限り
揺れるような何かが消えずにあり

人たちは永久にめぐりあい続けるだろう
だが僕には何も見えない僕は
何も見ない　橋をこえて来た　振り返っても
何もなかった　……僕はよろめく　すでに
問うことの意味もなかったのだ

メルヘン

夕暮れ　ふと白い手袋が街角を行きかようことがあり
そのとき人は　いつもより今日は
何だか疲れたと思い　いつよりも
街が傾いているようだと思うのだが
そのくせよく考えてみると疲れているのだか
果して傾いているのだかわからなくなるのであった
実際人々は疲れていたのかも知れず　また
人々は　この傾いた街を通って
行こうと思えば海を見に行くこともできたのかも知れなかった

この街は濃霧の季節を持っていて
十五年まえと同じに曇ったスープに　煤ぼけた
街灯を泛かべて啜っていた
人々は伝説を信じ　またある人々は
三階の窓からとび降りることで憑きものが落ちるのだと考えた
橋の上まで行くと
誰かしらに会うことができたし　スープにしても
運さえよければ青豆などしゃくいあげることがあった
それでも昨日は今日と人は疲れ　また
街も傾き　曇った街灯の向うをひらひらと
十五年まえの白い手袋は行きかよった

黒い眼

鉄道線路の土手で、私は彼女を待った。今日遠くから彼女は来るのだ。風が一面の芒をゆする。日がかげると芒の穂は仄白い光を放つ。私は土手にのび上がり、辛抱強く遠くから来る彼女を待った。汽車はもう着いたのだ。私は転がるように駅へ走る。不気味な予感が私をうろたえさせた。息せき切った私の前に、大きな紙箱がさし出される。服を畳んで入れる箱なのだ。この中に彼女がいる……慌ただしく蓋をのける。彼女はいた。胸と首だけの彼女が。腕や下半身は平たく折り畳まれて、きちんと納められているのだ。彼女は半透明に白かった。顔は静かに仰向いて、影のような前髪が額に揃えてある。

人は死ぬと、こんなつめたい面差しになるのか。彼女の顔は人形のように小さかった。誰も瞼を閉じてくれなかったのだろう。黒い眼が半眼に開いたままだ。

私は叫んだ。駄目ですか。助からないのですか。死んでいるなんてことがあるものか。まばたきをしてるじゃありませんか。私は小さな棺の蓋をおおい、その蓋にとり縋って必死だった。私が頑張らなければ、みんなが彼女を焼いてしまうだろう。人々はいたましい事故の犠牲者を好奇心からとり巻くように、彼女と私とを囲んでひしめいている。死んでなんかいませんったら。まばたきしたんですから……

そう繰り返しながら、しかし、生きているんだと進んで叫ぶことはできなかった。あの蠟のような小さな顔の静けさは、私に私自身を裏切って見せる。私は恐れた。恐れは群衆の中の一つの声だ。助かりはしないよ。その証拠に死人の眼をごらん。人は死んでからもまばたきをすることがある。血が凍えて行くからだ。しかし、死ねば眼がだんだんと大きくなってしまうのだからね。

促されて、私はもう一度蓋をのける。言われた通りだ。人形のように小さい顔の中で、彼女の眼は異様に大きくひろがっている。そうして、そこに溢れ出して見えるのは、真黒な液体の眼球なのだ。白い部分が少しもない、すべてが漆の黒さで光り、卵の黄味のように丸くて流れやすい、刻々と溢れて来る瞳なのだ。私は気味悪さのあまり蓋をおおう。しかし信じられない。私は蓋をとる。彼女の眼は、蒼い頬いっぱいに垂れ下がるほど、真黒く大きくひろがっている。見続けることができずに蓋をおおう。私は必死に気をとり直そうとする。

どうしても駄目なのなら、これが最後なら、あと一目だけ、彼女を見たい。私は蓋をとる。彼女の眼は、髪の部分を除いて、もう顔の殆どすべてだ。黒く光る液体は、その表面張力の限界にあるらしかった。瞳はひろがりきって、溶けるように流れてしまうだろう。

それだけは見てはならない。私は棺をおおい、両手で蓋を抑えた。これっきりだ。彼女はこの箱の中で崩れ去っているにちがいないのだ。激しい嗚咽にとらえられ、棺に身を投げつけて私は狂おしかった。

……悶え続ける私を、もう一人の私が無感動に見つめている。そのもう一人の私はいつか、ひとり鉄道線路の土手にいた。芒が風になびき、日がかげると穂はあやかしのように白い光を放つ。私はそこに立って、遠くから来る彼女を待った。閉じられなかった瞼から真黒な眼が刻々とひろがって来る、あの今しがたの彼女の死相をはっきりと思い泛かべながら。

ロマン

ここのベンチで
僕らの背後は街路だった
馬車や手押車が行き交った
雨が降ると河のように流れた
町角の方で太鼓が鳴ると
激烈な演説が聞えたりした
人々は人々を追い越してあわただしかった
軍楽隊を先頭に堂々と行進した
西日のさす時刻には　墓地の方へと

葬列が練って通った　それは幾組も
幾組も通った（それから日が暮れた）
或る晩はサイレンがけたたましく　僕らは
まどろみも出来なかった　無理やり目をつぶって
背後に赤や青の灯《ひ》が飛び違うのを
眺めあかした　そんな夜《よる》には
星も寒さも失くなっている

ベンチはぶらんこのように　また遊動円木のように
揺れるのだ　そうすると木立がゆらゆらとまわった
揺れながら僕らは季節の言葉を交した
果実は酸っぱくて　その快さに
僕らは本の頁を繰っては余白に落書きした
恋人たちは浜辺へ行ってしまった　それから
旗も木葉《このは》も地べたに落ちて重なった

口をとがらせ接吻の真似をした
そのあとで唾《つば》を吐きちらした　マッチはいくらすっても
つかない　海の匂いのする日　僕らは本を失くし
それに描《か》いてあった貨物船の絵が惜しかった
僕らはベンチを揺すって笑った　木立もまわり
背後の街路で鐘が鳴っているらしい

僕らはもう　知らない風景の絵や　雲のようなほほえみや
雪のきしみなどを見出さないだろう　僕らに
残ったのはあらゆるものの名前だけだ　僕らから残るのも
名前だけだろう　ベンチに坐って僕らは
古い手帳を名前たちで埋めた
頁が尽きてから　砂やベンチに書きちらした
それから煙突と煙とを書き加えた　愛した僕らの犬は
病気になった　僕らは眠ろうとして

ベンチを揺らしてみる　行進する歩調や疾走する
エンジンの音などが背後に響いていた
僕らは物売りの声を聞き　あかりの匂いを嗅いだ
遠くで声を合せて叫んでいた　西日がさしたので
ものの姿が見えにくくなる　背後ではみんなが駈けだした
誰も彼もが車を棄てて走った　墓地の方へと波のように流れ
太鼓手が突きとばされる　僕らの背後では
街路が一散に逃走していた

水へ行く道

おまえの秋は　あの　かげり大きい黄色い帽子
それにかくれて　蒼いおまえのこめかみ
しずかにかたいおまえの歩み　木立は蔭を
黯ずませ　時のせせらぐのが空で聞える……
草の葉で編む籠は　てのひらほどの

神話

祈るために固い脚を折り
靴をぬぎ靴下をぬぎ
谷間の虚無をこえて横たえた
ささやかな橋を渡って行く
その白い足裏はどこから来たか
追憶の傾斜のない魂はどこへ走るか
遠く滝が落ち　僕らの背中は眠り続ける
遠く瞼が落ち　死んだ人々は眠り続ける

血の日没

僕らのためらいの上を過ぎて
鳥たちは海へ奔った
防風林よりも背の高い海へ

死んだ瞳孔を見開いたまま　鳥たちは
めぐるのだ
大きな肉体の内壁のように閉ざされた
触れることのできない空の奥の
古くから刻まれた一つの名前

の周囲を狂おしく
——あいつら自身の羽ばたきに欺かれ
時間に偽られ
鳥たちが　あの
音のないひろがりの中に拡散し終るとき

僕らも　めしいたまま沈んで行く
手さぐりの痛みに身をまかせ
たがいの血にまみれ　頭を下に
かつて僕らを生んだ粘液の泡の中へ深々と

手相

海もその中にいる死人たちを出した。
——ヨハネ黙示録

てのひらは海一面に生え揃い
指をひろげ　数限りなく
揺れ動いては救いを求め　争って
伸びあがり合い　濡れた指輪を光らせる

それぞれの運命を刻みこまれた者たちが
この上何を摑もうというのか
陽が光り　てのひらの群れは波立つ　誰一人にも
聞き届けられない祈りを呟き返し

あなたは長生きだ　そう　七十までは大丈夫
生涯に三人の夫を持ち　お子さんは五人
財産の方もまちがいなし　それにこのほくろが
いい星なんだ　お倖せを祈ります

てのひらは一つ一つ手首を折ってうつぶせに倒れ
約束を待つ水底へ帰って行く　潮の流れが
それをやさしく転がすだろう　しかしなおも
数えきれないてのひらが泡立ちながら
空に向かって見えない遠吠えをし続ける

木乃伊《ミイラ》河岸

永遠へ近づこうというのなら、木乃伊になるよりほかはないだろう。あれは凡百の大理石よりも、ほんの少しだが不朽に近い。たとえば、ごらん、この河は昨日から、もうその流れをとめている。河岸《かし》の煉瓦に風も吹かなくなった。この淀んだ夜の水どももまた、木乃伊の状態にあこがれているのでないと誰が言えよう。ありとあるものは形骸としてだけ永久なのだということに、彼らは慧くも感づいているのに違いないから。

けれどもこうして橋の袂に、夜ごと人目にかくれて僕と抱き合うおまえよ。いつからのことなのかおまえは気づいているだろうか、僕らの上に時も流れを淀み始め、僕らの皮膚や筋の、逢うたびに干せて行くのが目に見えるようになったのは。おまえの眼はすでにくぼみ尽きて、魚のあえぎの形だけがくちびるに残り、おまえの髪は砂のように重む。そうして僕らがどれほどにせつなく苛立たしく頬ずりを繰り返そうと、死んだ時間の塵の中であの形骸たちがするでもあろう、かさかさと音を立てる、枯葉の触れ合いにも似たそれと、もはやそっくりなのではなかったか。

この河岸では一切が木乃伊になるのだったと、暗い匂いの水どもを見おろしながら、僕らはようやっと気づいたのだろうか。たがいに肩に手を置いたとき、すでに一握りの紙屑ほどの、僕らは木乃伊だと知れた筈だったのに。それほどに恐れることが僕らの習性になっていたろうか。でももういいのだ。顔をあげて、ごらん、水の上ではともしびたちも切れ切れに黄色くひからびて行き、空気が深みにつもる塵のように触れながらうずめて来るだろう。僕らが木乃伊だったからと言って、木乃伊の恋も、そのくちづけも、永遠でないわけがどこにあろう。すべて形骸だけが不朽なのだからね……

秋の鎮魂

果実は落ち尽して
どんな言葉も語られなくなった
唇を割って　人は
不揃いな歯並みを見せるだけだ

吹き流しが高くあがる　ただ一瞬
小旗の群れが坂道の上の町を埋め
失われた葉むらをとり戻す
帰って行く僕らを偽るために

僕らの襟におまえの屍臭を漂わせ
おまえの脱脂綿を指先に千切ったまま
僕らは欺かれて残るだろう
静謐が遠雷のように轟く午後に
僕らの踊りを映す壁もなく

舞踏会

肩を寄せ合って　おまえたちが
絡んだ足音で降りてゆく
階段に　あかりはないが
思い出せ
高い手摺に身悶えしている
残された時間のすべて　いつもいつも
薬の匂い

おまえたちに値いするものは一つもなくおまえたちは

何一つにも値いしない
十一月はそういう季節だ
何の追憶もない　あの
通りみちだ
カード占いが幾度でも明日は死ぬと出ておまえたちを
笑わせる　決して明日も死なないだろう

しかしなぜ立ち止るのだ　おまえたち
凍えきった扉の前で　どうして息をひそめるのだ
ありもしなかった昨日を　何のために
こっそり思いめぐらすのだ
おまえたち　悔いのあとから歩いてゆけ

言葉を消して　もう
めぐりあい続けるだけだ

ひらめきも
おまえたちもなく
あの暗い広間の方へと向き直り
ひとりはひとりとほほえみかわし……

詩集

船と　その歌

（1972）

船と　その歌

太古　半裸体の男たちが
おごそかに一隻の船をうずめた
その場所はいま　柔らかい丸い丘だ
木立はない
何かと話しかける石碑や
卒塔婆もない
遠くから芝生と見えるのは
背丈ほどの藪の一続き　その中から
よく肥えた重い鳥が

日の中へ羽ばたき出る

＊

船を出すのはどこかそのあたりの河口
でいい
少しばかり水がひろがり
砂州の間に浚渫船の櫓が
朽ちているようならなおさらいい
帆柱を倒してへさきを葦の茂みにひそめ
あとは日没を待つだけだ

＊

太陽の船　颪は死に　祈りも死んだ

賑やかな旗はとうにおろした
ふなべりに並ぶ顔よ　君ら
目を閉じ忘れ　慰めを知らない
この頭蓋の数だけの夜の重みに船は耐えるか
顎をふなばたに載せ　髪を瞼に垂らして
置き残した遠いてのひらを思い起せ
木の実の渋さ　梟の爪の鋭さ
身をもたげる石の塔　蔦に崩された銃眼
階段に沿って垂れさがる鎖
鎖に沿って垂れる手
それらすべてを何度でもしゃぶることだ
唇と歯と舌とが
それぞれのへだたりをたしかめるために

*

君が口に含む一粒の枇杷の種が
なめらかな免罪符だと知っているか
吐き出すことができず　呑み下しもできず
君の歯の裏にただ硬く当るそれは
やがて君の口むろに根をおろす筈のもの
食いしばった糸切歯の欠け目から
さもなければ君の鼻の穴から
或る日何事もなく芽をふく筈のもの
だが君は　きつく部厚いその葉を見る心配はない
君の船の果実を摘み　その皮をむくのは
君ではない　安心おし　君に似たものですらない
君は自分の酸を知らずに済む

＊

石の壁と土の壁との間に
無数の獣の骨を積み上げた
もう一つの壁がある

火の絶えて久しい炉あとを囲み
ひそかに一つまみの塵をさがす
なめらかな魚たちの影法師がある

とめどない一人遊びにふけりながら
深みから深みへと転がって行く
軸のない車輪　或いは
もう舵につながっていない舵輪がある

*

ああ　おれがいままでに夢みたうちの
最も甘い歌声　遠い畑
雨の湧く地べたの底
よしそれがおまえたちの棲む
西の涯の森であろうとも
開かれた土の中に呼び出される　白茶けた
三層の住居址であろうとも
おれは行かなければならない　その斜面へ
その淵へ　なだらかな流れに埋められた
砦の下へ
だがあれは本当におまえだったたか
絶え間なく沈んで来る時間を背に受けて
うずくまる影　振りほどけば
さざなみのような嘲りの揺れ

あれは本当におまえだったか
くつがえされたおれの口の中に
とどろいて落ちて来る塩の塊
目をふさぐ舌　指を縛る唾液
おれはいまおれの皮膚に何を塗ったらいい

＊

薄められた光線が湿気のようににじんで来る方角から
一本の盲目の手がおぼつかない指先で探り寄るとき
君の中の船が目覚める　こだまのない地の底の眠りから
――聴くがいい　船台はとうに朽ちて　いま最後の楔が落ちる
船が自らの重みで　へさきを起こす
柾目の立った船底は　いま　砕け散った呪文を踏みにじり
何という永い年月閉じていた水門へと滑り出す

水門が開く　その沈黙の長さを
ただ一度の軋みに引き裂かせて――そしてこの水路の
茶色く干上った路床にどよめきながら
真黒い水がほとばしりなだれ込む
船が浮き上る　そうだ　船はいまこそ君の中に自らを取り戻す
いったんは押し戻された船尾が渇きの名残りを洗い落せば
それですべては終る　船は水門をくぐり出る
暗渠のように開かれた君をあとに残して

＊

螢火の漂う首筋から
頰の豊かな横顔の
果てしない壁画はもう剝がれた
彩られた髪は時と流れた

叩いているこの蓋をあけてくれ
薬草の香りが蒸発したあと
ここはタールの匂いばかりで息がつまる
見たい
水が見たい
魚の背が内側から二つに分ける水の
おもてが見たい

＊

やがておれが打ち上げられて乾くための
ここは仰向けの波打際だ
目はここでいぶかるだろう
初めの日から空がこうまで青かったかと

潮はゆるやかに入江をめぐり　おれの手に
帆縄のきれはしがささくれる
とうに忘れていた挨拶を思い出すのは
悲鳴やら　岩礁の羽ばたきやら

おれののどは白く粉を吹いて干せた　鳥が
満ち足りた足跡をそこに刻んだ
おれの腸が吸った水は　ことごとく
海へ帰った　おれが砂浜に帰ったように

そしておれの顔から天までの
ひろがりよ　空気の粒と光の粒の
まざり合う虚空よ　おれが死ぬのは　遂に
おまえを生き残らせるためだったのか！

煤

煤煙の下にもせよ墓地があれば
そこに捧げるための花束があり
水桶と線香を手に
石と石の間を歩くこともできよう
立ち去った筈の行列が　提灯をともし
沼の底を行くように僕らの記憶の底を行くのを
見送ることもできよう

どの季節にも　葉を茂らせる木があるように

どの季節にも　葉を落す木があって
空はどの葉にも煤を注ぎ
転轍を渡る貨車の響きは
僕らの風景を露出不足にする

おまえの石を踏み砕き
車輪は次々と出発する　北へ
ここで僕らの手の甲に積る煤が
向うでは目の中に凍りつくという北へ

からす

さて　おれはここにとまって
空がしきりと赤い方角を眺めているが
別にあれが何かのしるしというのでもあるまい
飛ぼうと飛ぶまいと　おれはどっちみち
空と地面の間に閉じこめられているだけだ
空気が透明だったためしはないのだし
そのおかげで　どうやらおれも
墜落をまぬがれているというわけだ
果すべき使命がないということは

つまりは輪を描いてまわるのと同じこと
こうして枝に載ってさえいれば
おれも一かどの存在であり
つまり一かたまりのものとも言える
飛び立ったが最後　おれの体はたちまち散らばって
嘴だの目玉だの何枚もの羽根だの
その羽根の軸だのということになる
とまっていればおれは世界だし
宙に浮かべばすぐさま崩れる世界なのだ
もう一本の枝
或いは輪の中心に死んでいる一匹の鼠
を見つけるまでは
おれは密度がゼロになるまで拡散し
それから鼠の上で収斂するのだ
実際　神だのこうのとりだの

黒い兎だのがいなくなって以来
もう伝説など欲しがっても仕方がないし
そんなことよりむしろ　こうして
目をつぶって見下している方がいい
枝を一本摑んでいるだけで
なぜおれがこうも求心的になるのか
などとはどうでもいいことだ
おれが目をつぶったところで
ここに平べったく振り注ぐ光
は相変らずだ
まだああやって赤い方角からよろよろ帰って来る奴らが
全部揃って目をつぶることが必要なのだ
そうすれば夜が来るだろう　顔のない夜が
それまでは　いま暫く
どすぐろい羽根の軸でも嘴でこすってやるだけだ

森

私は砂山の頂きに坐った。見渡すと砂と空との二つの平面がどこまでも睨み合っているばかりだが、ここは確かに森の中であった。私が身動きをしない限り、葉むらの震え合うざわめきや、理由もなくしたたる水滴の音などが、静寂そのものの持つあの賑やかさであたりに満ち溢れた。ここは時間のない森の底で、年老いた巨木の幹は乾くことを知らず、乏しい光線が枝から枝へと珍しい獣のように飛び移る。育たない下生えの中を、真白い茸《きのこ》の列が点々と続いている。夜ふけことさらにゆっくりと砂山に歩み寄って行くときなど、私は闇の中でさらにほの暗い光が一つ、あてもなく燃え上るのを見ることがあった。それは私が歩みを進めるにつれて、重なり合った樹の幹や下枝の間に、ちろちろと見えかくれする。火までの距離はどうしてもわからない。なぜなら、その光は常に樹々の間を縫って私に届くので、私の両方の眼が同時にそれを見ることはあり得ないからだった。

にも拘らず、ここは砂山だ。私は歯の間の砂を噛みなやむ。にも拘らず、ここは森だ。私の耳たぶに冷え切ったしずくが当る。地平線まで砂に覆われたこの土地に、この夥しい樹々は何のためか。私は結論を急いだ。これは森の幽霊というものだ。幽霊が棲み慣れた屋敷を決して立ち去らないように、森もこの砂山を離れようとしないのだ。私は自分の腰をおろした砂の下に、古代の都市に似て森の廃墟が埋もれていることを考えた。森が興り、森が栄え、そして森がほろんだと。その考えは私を満足させた。私は発掘にとりかかった。

私がひそかに期待したのは、せめてもの森の遺物、つまり木の根の化石とか、落葉の堆積した層とかを掘り当てることであった。私のスコップは随分よく働いた。しかし次から次へと掘り出されるものと言えば、手に取りようもない砂の粒ばかりであった。三日を費して、どうやら砂が僅かにしめり気を帯びて来たとき、私は森の遺跡に少しばかり近づいたと信じて喜んだ。

けれども五日の後、私が漸くに見つけ出した砂粒以外の品物は、一個のなめらかな白い小石と、指二本ほどの長さをした一匹の魚の骨とに過ぎなかった。私は落胆して、自分の掘った穴から這い上った。穴の壁は私の手足の下で一押しごとに崩れて、よじのぼるのはひどい苦労だった。砂に掘った穴からぬけ出すことは、その穴を掘ることより遥かにむずかしいという教訓を、私は得た。

穴の外に立ったとき、私は自分の周囲に再び森を見た。その巨木の一本は私の穴の上に頑なに立ちはだかり、そこだけ砂の失われた空間に、入り組んだ大小の根をあらわに見せていた。むき出しにされた木の根がこれほどにつややかなものであることを、私は初めて知ったのだ。その樹はしかし、平然とそこにあった。幹には苔が鱗の模様を描いている。私は頭上の梢に風が渡るのを聞きながら、石と骨とを手近の茂みに投げ捨てて、無益だった穴を元通り砂で埋めた。

翌日、私は砂山の上に杉皮葺きの小屋を建てた。森がこれほどに固い意志を持っている以上、深い森の奥で人知れず日を送ることこそ、私のただ一つの望みではなかったか。小屋の夜は快かった。窓の外には獣の道さえついていない森が、濃い闇を沈澱させている。私は暖炉の焔に顔とてのひらをかざし、枝々の鳴る音に包まれてあることの幸福を感じた。森は扉や壁を難なく通り抜ける幽霊独特のやり方で、小屋の中にまで入り込んで来た。室内もまた闇になり、私は冷え冷えとした夜気の中に火と向き合って坐っていた。森よ、と私は呼んだ。森よ、おまえはそれほどに私に優しいのか。……

その次の日、私が外出から帰ると、小屋は窓枠のあたりまで砂に埋まっていた。あいにく雲一つない上天気で、砂は焼けるようであった。風すらが焔だった。私は扉を引きあけるために、もう一度スコップを使って入口の砂を掻きのけなければならなかった。私の汗が砂の上に落ち、そこに小さな黒いしみを作っては、たちまちに乾いて消えてしまうのだ。やっとのことで戸をあけると、これはまたどうしたことか、家の中にも戸外と同じ高さで砂が積っていた。考えて見れば、森に通り抜けることのできたこの小屋の壁を、砂に通り抜けられないという理窟もあるまい。私は背をかがめて中に入ったが、テーブルもベッドも椅子もことごとく埋没しているので、どうやらここがベッドだと見当をつけた片隅の砂の上に身を横たえ、部屋の中だけはせめて日蔭であったことを感謝しながら、ともかくも目をつぶった。

森よ、と眠りに溶け込む疲労の底で私は言った。森よ、私にはおまえをどうすることもできない、ちょうどこの砂をどうすることもできないように。……森よ。それでもおまえは相変らずそこにいるのか、砂にまみれた私の上に高々とそびえ。……森よ。私には聞える、おまえの無数の枝先が澄んだしずくをしたたらすのが。あれは私の汗と同じに空しく砂の上に落ちるのだろうか。それとも私の仰向けの心臓の上にか。……森よ。私に確実に響いて来る、このひそやかな足音は本当におまえか。一滴。……一滴。……一滴。……

銀杏

秋が冷たくなった或る午前十一時十五分、無風快晴の真昼に特有のあの飽和した静謐の中を、それまで窓を黄色い輝きで満たしていた銀杏並木の枝という枝が、突然一斉に葉を落し始めた。それは徐徐にやってきた変化ではなかった。新しい局面の幕がいきなり切って落されたように、この落葉は真夏の夕立よりももっと急激に開始された。時間の中にくっきりと一本の線が引かれ、その線の前と後とでは世界が一瞬に顔を変えていたのだ。

ついさっき、この豊かな並木は、さし交したその枝々の下をくぐる散歩道のアスファルトを水のように静まり返らせていた。しかし今、大気は異様な電気的な匂いに溢れ、見わたす限りの空間は下へ下へと舞い落ちる葉の動きで満ちた。夜の雪のように、葉はしんしんと音のない音を立てながら地上に降り、アスファルトを埋めて行った。落下はいつやむとも知れず、落ちても落ちても枝に残る葉の数は一ひらも減らないかのようであった。人一人通らないこの路面は、午後までには完全に覆い尽され、黄色い薄い貝殻のような葉がその一切を奪い取った。

午後が過ぎ、夜に入っても、落下は絶え間なく続いた。閉じこめられていた僕らは一晩中、冴えた月の光の中を降りしきる黒い雪の影を心に描いた。僕らの体は戸外に立ちこめる響き、落ちた葉の上に次の葉が重なって行くあの乾ききったかすかな響きの中で、際限もなく拡がり、希薄になり、吸音板を張った部屋の中の叫び声のように、抵抗もなく四方へ吸い取られてしまった。僕らはむろん眠りはしなかった。だがそれだからと言って、僕らが目覚めていたと断言することがどうしてできようか。

翌朝、すべては終っていた。葉は今はことごとく地上に属し、道の上に柔らかい部厚い覆いとなって沈澱していた。梢の網目が硬い空の中に初めて鮮かに浮び上がった。そのときおまえは僕の部屋を出て、葉を踏んで遠ざかった。昨日までそのあたりは、濃密な葉むらが一筋の日の光さえ許さない場所であった。だが今は、地面に散り敷いた葉と、その上を行くおまえに、おまえの頸すじに、肩に、腕に、背中に、腰に、梢の篩を通った日が透明な光を注ぎ、金いろの照り返しがおまえの輪郭をぼかした。葉はおまえの細いかかとを埋めた。

突然おまえは立ち止り、僕の窓を振り返りざま叫んだ。

「本当よ！　本当よ！　何もかも！」

その瞬間、おまえの髪は暗黒の焔のように燃え上り、太陽に逆らって見開いたおまえの瞳の中に、もう一つの空が開け、そこを無数の銀杏の葉が音もなく降り注いだ。僕は窓を押しあけ、おまえ目がけて飛び出して行った。僕の爪先が葉を蹴立ててしぶきのように舞い上らせた。おまえの歯が白く光り、おまえは僕を迎えるために両腕を高くあげた。肩に羽織っていたものが滑り落ち、腕は時代を超えて梢の方へ、光線の来る方へとさしのべられた。

　僕はあとほんの二歩か三歩でおまえに届くことができた。しかしそのとき、予期しない地雷火が破裂したように、僕の目の前に金いろの火柱が立った。おまえの足許から、おまえの体をただ一本の軸にして、つむじ風らしいものが巻き起り、銀杏の落葉を一度に吹き上げたのだ。僕は立ちすくみ、破片のように飛びかかって来る葉の群れに片手をかざしながら、おまえの立っていた場所に目をこらした。そこは沸騰する枯葉が螺旋を描いて湧くばかりで、もはや今しがたのおまえの姿はなかった。

　そうして、この時ならぬ逆流がようやく鎮まったとき、その場所に僕は見たのだ、記憶のどこをさがしても見おぼえのない白い噴水が、中空に細い水の柱を吹き上げているのを。水は飛び立とうとして飛べない鳥のように途中からしぶきになって崩れ落ち、それを受ける石の水盤は、梢の影を映す隙間もないほどに、銀杏の黄色い葉を一面に泛かべていた。

雨が降る

果てしない長い黒い列になって
おまえの前を過ぎて行く
声を立てない影たちの中の
最後の一人が近づくのを待て
彼が来るまでは　おまえは
待つことだけを知ればいい

近づいて来ても、彼はおそらく
一言も言わないだろう

そこにおまえがいないかのように
顔も上げず　挨拶もせず
前を進む一人と同じように
首もなく腕もない　一本の
樹が進むように歩いて行くだろう

おまえが彼を見わけるのは
彼が行列の最後である
ということだけだ

彼でなければならない　彼以外の
誰であってもいけない
しかし　彼がわかったら
おまえは愛さなければならない
彼の前に飛び出して　腕をひろげ

抱き止めるのだ
川から這い上った人のように
彼はきっとずぶ濡れだろう
だからと言って驚いてはいけない
行列の人々は全部そうなのだから

愛せ
目を閉じた彼の
瞼を愛せ
腕を組んだ彼の
硬い肘を愛せ
ひたひたと歩みを止めない
足裏に跳ねる水を愛せ
彼は振り向くだろう　その額から
一つの空間がひろがるだろう

だが　もしもおまえがためらって
抱き止める一瞬をのがしたなら
そのとき　祈りの中に閉ざされるのは
今度はおまえだ
そうして夜が来る　おまえの永遠が来る
おまえは彼のあとについて
顔を伏せ　腕を胸に組み合わせ
暗闇の一つとなって
行列の最後を行かなければならない
抱き止められる期待もなく
おまえの背後に続く一人もなく
ひたひたと

薄暮

十字架を並べて結んだ
青い鉄柵を押し開き
君は二つの石垣の間　暮れ方の
坂道の長さ全部を駈け下りる
君の瞼はもう随分と透けて来た
君の手の甲は干割れた
それでもなお　君の踵は一瞬きらめき
君は手を振る　自分の行手への
別れの挨拶のように

そう　君は行きはしない　あそこでは
君の不在に誰一人気づかない
黙って計画を取り消し　長い廊下を引き返し
うしろ手に扉をしめて
小さな門を下ろす　でも
この部屋なら幾度笑っても大丈夫だ
ごらん　ここに蓄音器がある
そこに蠟燭がある
聖体行列の行く吊棚がある
それと　君のために
鏡はわざと置かなかった
必要のとき　君はどこにでも
姿を映すことができるから
――君は火を欲しがる　自分の白さのそばに
ただあかあかと置いておくために

——君はコップに水を欲しがる
ただ冷え冷えと光を反射させておくために
そして　君には要らなくても
部屋ならば窓も要るだろうさ
今時分に外を覗けば　そら
墓という墓がいっせいに灯をともす

顔

闇の中に目を閉じて
来る筈のない恐怖を待ち受ける顔
幾度か岸に凍りついた果ての流木の
晒され切った顔
距離の突き当りにあるもう一つの距離の
その一番遠くからまっすぐに伸びて来る手
私のために泣くな
とその顔が言った

私は土の上に型どられた一組の
目鼻に過ぎない
私は盲目のままここに残り
消え去ることに耐えよう
私を撫でるもののほか　私には
何一つ訪れまいから　と

その顔を眠らせるための
遠い賑やかな唄
その顔を埋葬するための
庭の片隅の土地
その顔が地の下で張りめぐらす
夥しい竹の根
その顔に空しく捧げられる
かぼそい煙の匂い

指にからむ糸を断ち切って
立ち去ることだ
この額縁に張りつめた　死んだ鏡の奥
距離の突き当りにあるもう一つの距離の
その底に天体に似て浮かんだ顔の
かすかな唇の端の反りだけを　記憶にとどめ

戸棚

彼は毎夜戸をあけて部屋の中へ出て来る。そして僕の傍に坐るのだが、その臭さと言ったら我慢のできるどころではない。彼は咽喉を固く絞め上げているネクタイの結び目を指先で撫でながら（ネクタイの結び目に絶えず手をやっているのがあいつの癖だった！）聞きとれない声で何やら不平らしく呟き始める。どうせ僕の耳にまで届く声ではないのだが、何を言っているのか僕にはわかる。

「あのひとはおれを裏切った」

それだけだ。あとは繰り返しだ。

やがて、夜毎の一くさりが済むと、彼はよろよろと立ち上って戸棚の中へ帰って行く。

一体僕は何を語ろうとしているのだ？　戸棚の頑丈な板戸には大きな錠前がおろしてあって、それの錆びつき具合を見れば、この戸棚がここ何年かの間開かれたことのないのは、誰にでもすぐ知れる話ではないか。しかし彼はその中にいる。なぜなら、僕が彼のネクタイを絞め上げて、その錠をおろしたのだから。

それでも他人の習慣という奴は、われわれの手に負えないものらしい。彼は相変らず夜になると部屋の中へ出て来て僕の傍に坐る。その臭さと言ったら我慢のできるどころではない。だが、それが彼の習慣だとあれば、僕に何をなすすべがあろう？

ところで、彼が口にする決り文句の「あのひと」とは、匿してみても始まらない、僕の妻だ。誰も知らないあのできごとがあって以来、彼女はどうやら平衡を取り戻せなくなったらしいので、僕は彼女を向日葵のある遠い実家へ帰してやった。彼女の妹が忠実に世話を焼いているらしい。その几帳面な娘が、週に一度、決まったように報告の手紙を書いてよこす。「お兄様、御心配は要りません。姉はこの数日、随分いいようです。でも戸棚はどれもこれもあけ放して置かなくてはいけないと言い張るので、食器棚に蟻が入るのを防ぐのに苦労します」

樹

鐘が鳴る
幾重もの地層を横切って
この冷たい部屋にまで響いて来る
互いにまじり合わない一つ一つの舌打ち
届くと同時に死ぬ震え
そのあとを追うもう一つの泣き声
そして　とんでもない方角をさまよったあと
忘れた頃に疲れ切って到着する細い吐息

鐘が鳴る　その数々の
途切れ途切れのきらめきの細片が
或いは甲高い青が　その下を貫く褐色の
電光が　あざやかに赤い矢印が
やがて並び合って形づくる点描の中に
ゆるやかに姿を現わす　一本の地底の樹

おやすみ　私の息子
おまえの寝床はあの梢
揺り籠は風にちぎれ
枝が折れ　しかし
めくるめく落下はここにはない
丸くなってお眠り　膝を胸に
手の甲を眼に当てて
おやすみ　おまえの形の見えないところ

地の底の樹の　柔らかな梢の中で
つづれ合う葉に包み巻かれて

野の向う　水門のある用水の向うの岸の
あの樹の名は何だったか
枝々の先に白い花の吹く日が二度と来ないと
愚かにも信じたのではなかったか
用水の　ふくれ上った水のおもてを
流されて行く何千の虫のむくろが
薄紙めいた羽を重ねて　虹と油と
明るい死の影とを映し出すとき

鐘が鳴る
そして嵐　おまえの遠い想起の中の
水の羽ばたき

この部屋の冷たい床から高く
燭台のように噴き上げてやまぬ　一本の
真空の円筒のそれに似て
あの幹が痛みとともに身をよじり
鐘が鳴る
遥かな祝いと葬いの窓枠を
一日の最後の光線のように縁どりながら……

無言歌

おれの眼に属するおまえの塔
おれの舌に属するおまえの枝
しかしおまえの葉はもうささやかない
葉は裏切る
おれのてのひらに残ったおまえの顔の鋳型
それからおまえの鱗
それでいてなおもおまえは沈む　あの暗い
漏斗の底へ

何ものをも濾し残さない砂利の間へ
そして　おまえの唇の上に夜がおりる
実りただれた野が　ただ一閃の
光の下で溶け崩れるように

おまえはさらすだろう　或る日
乾ききった岸辺に　おまえのもろい石灰質を
そのときおれは見るだろう　長い長い日ざしの中で
硬着したものたちのゆるやかな白い流れを
何もかもがその場から立ち去ってしまったわけではなく
おれはおまえのしずくの一粒のために渇くだろう

帰郷

走れ
走りながら投げろ
投げ捨てろ
海を　君の背後へ
できるだけ遠くへ
それが　坂道の向うで
なるべくだだっぴろくひろがるように
——投げるのだ　思い浮べられる限りの海を
君の中から一滴あまさずしぼり出して

泡だの
海藻だの　ひらひらする光だのと一緒に
――はばむために
君の背後から君の眼の方へと
追いすがって来る者たちをはばむために
そして　君は逃げろ
振り向かずに　一歩でも高いところへ
君の海の　乏しいしずくを鼻血のように
点々と地べたにこぼしながら

＊

どうせ海はもう　おまえの眼の中で
いつまでも脈打たせておくべきではない
それは　途方もないにがい水のひろがりとなって

おまえの背後の　閉ざして来る闇の中へ
音もなく横たわるようにすべきだ
えぐられるがいい　幾百の砂の道
何ものかが呼吸するための無数の孔は

そうでなくてさえ暗いおまえの唄
くらあい真珠の神々よ
揺り返し　また揺り返して
髪のように呟き続ける
ただ一つの重み
崩れて行くものを支配する
なまあたたかい闇よ
そして恥　――だか　けがれだか
そして海　おまえの顔にほくろのように残っている一つの海……

＊

帰って来てはいけない
いや　帰って行くことはできない
水の底にいて水を見ることができないように
水を洗うためにも水が要る
このだだっぴろい砂浜で　おれは
遠くへ
肩の砕けるほど遠くへ
海を投げる　あるいは
放つ
そのおれの指の先から　相も変らず
しらじらと　しずくがしたたる
おれはまだ何年ものあいだ　牛乳だの

砂糖水だのを甜めるわけには行くまい
それはそれでいい　どうせおれの無数の子供たちは
おれの言葉をことごとく忘れるだろう
おれの投げた海が
風の吹き動かす砂粒ほども遠くへ
飛ばないことをおれは知っている
愛する者の細い首をしめるように優しく
おれはおれの退路を断った
そして　見るがいい
真っ白いあぶくの舌を軋らせながら
忘れてやった筈の海が　仔犬のように
おれの足もとへもう一度まつわって来る

腕

なぜ帰り道が思い出せないのか
サンジェルマンからポントワーズへの
冷え冷えとした明るさ
ささやかな流れをさかのぼる
なつかしい漕ぎ手たち　そしていま
あなたはどのようにして戻って来たのか
芝生の上に　一本の腕のように
横たわっている筈ではなかったのか
手首のあたりにかげる青い重みを

たどり尽すには　長い時間が必要だろう
その時間は　しかし
比較的容易に手に入るだろう
あなたがこの岸辺を立ち去りさえすれば

瞼がひとつの都会を消す
都会が都会を消す
おれもそろそろ　この灰皿のあたりを立ち去りたいが
こう暗くては
杖の握りを見つけ出すのもむずかしい
もう何年も雀の声を聞いていない
馬鹿と山羊とは高いところへ登りたがる
とあなたは言った
しかしおれが　あれほど沢山の石の塔を
丹念にひとつひとつ登ったのは

まだ時には雨の降ることもあったころの話だ

街は殉教者の名をかむされ
敷石にとめどなく血と水とを流し
画廊と魚屋が軒を並べる

冬
おれたちは湯気の立つ溝をまたいで
ひとりの医師をさがした
渇きが流行していたからだ
渇きはある朝　中庭を通りぬけ
足音を立てずに階段をあがって来て
不意に　ドアの隙間からおれたちを襲うのだ
おれたちもそのように中庭を通りぬけ
落ちて来る影にさからって階段をあがり
聞き耳を立てながら呼鈴を押すのだが

医師は不在だった
可哀想に　あなたのせまいてのひらには
その小さな銀色の匙さえ重たいだろう

いつかはこうして終ることになっていたのだ
雪の森だの　月の光だの
おれが殺した何匹かの兎たちだの
溶けかかる大伽藍を封じこめた水晶だのは
そしてここから　バスタオルを敷きつめた街路が始まる
笑うな　玩具売場の玩具たちよ　笑うな
いずれおれはどこかで振り向いて
背後にあるものをことごとく失うだろう
それがあなたの注文にも叶ったことだ

しなやかに醒めて行く石　あなたの腕

泥だらけの乗合馬車が戸口にたたずんでいる
いつかはこうして終ることになっていたのだ
まだ時には雨の降ることもあったころの話だ

魚を眠らせるための七節の歌・竝に反歌

不当ににがい水
冷えた鋏
ひとひらひとひら雪のように沈む
死んで行く人々の小さな顔
魚よ溶けよ
私の歌の尽きないうちに

流れる酸　積もる酸
枝々にともる千の瞳

森のはずれにたたずむ神
それから　あれだ　思い出しているのに出て来ない
一つの皺だ　縮まって行く
谷の出口だ

何と情なく揺れたことか
真昼　息を切らせて
死んだ村から村へと駈けぬける
にがい
にがい水を呑み　塩を噛んで
それでも血は止らない

狂気などというものはないのだ
それに　まだ
すべてをぬりつぶしたわけでもない

ゆっくりと首を振って
啼きながら　もっと上へと浮かんで行く
記憶されない泡のきらめき

手はまず　念入りに髪をほどく
髪はほどける
次に手は　念入りに自分自身をほどく
手はほどける
一片の爪が私に残る
しゃぶってみても味のない爪だけが

それはそうだ　今日　ここにこうして
じっと坐っているための
疾走だったのだ　あれは
それから　夜あけを待ち切れずに

顔を洗いに起きて　そして死ぬのだ
折り畳んだままの紙ナプキンを手にして

さあ　いまは眠れ
そのあとで　もしそうしたければ
どこかの窓を覗きこめ
秤のように傾いて　水のにがさと
血の味とを噛みしめよ
私の歌が尽きたあとも

反歌

溶けてしまった魚
は　もはやひとしずくの
果汁にすぎない

魚よ魚よ　おまえの
髪が濡れるぞ

詩集

水の中の歳月

（1980）

むずかしい散歩

一枚の葉を記憶し
一枚の葉のあとを追い
それから　もっと奥
ふさがれた泣き声の方へともぐり込み
舵を曲げ
傾斜を滑り
ずるがしこく伸びる樹をまねて
もっと複雑な変奏にあこがれ
カードを積んでは崩しながら

川をわたり——この川には
始まりも終りもないらしい——
十年前の流氷をまだ忘れずに
そいつが溶けるまで
てのひらで暖めて　香りをかいで
娘たちの耳に見とれ
砂を撒き
鳥たちがやって来てそれをついばむのを待ち
証言を待ち
貧しい慰めを吸いきれず
草を流し声を流し
それから　もう一度
顔もあげずに川をわたって帰って来る

帰れ

指からも　目からも遠い
どこかずっと奥の方で
硬く動かなくなった部分が
日一日とずり落ちて行く

ずり落ちながら　それは
雑木林の向うの落日のように
色を濃くし
領土をひろげて行く

帰れ　帰れ

何が残酷な季節なものか
鼠だって啼きはしないこんな時刻に
魚群が天に満ちようとも
それは　君が抱きかかえている紙袋の中の
十個入りの卵ケースほどの値打ちもない
帰れ　帰れ
帰れ　帰れ

距離を時間に換えることはたやすい
だが　時間はまた時間の距離をもつ
どうせこれはただのヴェクトル合成
君を呼び寄せる役には立たず
帰れ　帰れ

あの　落ちて行くものの形をまねて
じっとうつぶせになっていればたくさんだ
帰れ　帰れ
かたくななジャイロコンパスよ
恐るべき航海者よ
鳥よ
凶と呼ぶことしかできない漂流物よ
帰れ　帰れ
指からも　目からも遠く
生い茂るあざみの中へ

あざみは日を欺き
墓を欺く
海峡は例によって
時計の文字板のように晴れわたる

あざみが一輪咲けば
領土はそれだけ重くなる
帰れ　帰れ
すべてが少しずつ遠くなる
君がそうやって塩にむしばまれて
静かに病み朽ちて行くことを
誰も知らぬ　それが君の
掲げるべきただ一つの旗なのだが

帰れ　帰れ
目の中を覗きこむ目と
散って行く髪と
それを浮べる水と
正午に決まって君を訪れる悪感と
帰れ

ずり落ちる
岩
ずり落ちる
声
ずり落ちる
膝
せめて　この
なめらかな壺の
見えなくなるところまで
叫びも欺きも届かないところまで
帰れ

聖母を見た人のようにほほえんで
帰れ

帰れ　帰れ

水の中の歳月

＊

こうして上も下もない水の中で、辛うじて体の位置を保ちながら、私は待っている。水は私の鼻と口とを覆い、瞳孔に冷たく、そして私の耳は限りなく静かである。

＊

待っている――何を？　私はそれが何であるかを知らない。というよりも、私は自分の待っているものが何であるかがわかるのを待っているのだ。だから私は、実は何も待っていないのと同じである。だが、このようなこと――つまり私のいましていることを、一つの動詞であらわそうとしたら、待つ、という以外にどう言えばいいか、私にはわからない。

＊

ここは明るい。そのことが私を落着かせてくれる。といっても、それは光線による明るさ、影の半面を作ることによってあとの半面を浮き上らせる明るさではない。茫とした一面の明るさ、この空間を埋め尽している水の総体がそのまま一様に発光しているかのような明るさだ。

＊

この水はきっと澄み切っているのだろう、と私は思う。ほかに考えようがないからだ。いまのところ私には何も見えないから、もしも私の近くに何かがあることがあらかじめわかっているなら、そこから、私を取り巻く水が濁っているという結論を出してもいい。しかし私には、いくら思い出そうとしても、自分の周囲について何の与件を数えることもできないのだ。それに、比較とすべきもう一つの、より透明な状態を想像してみることも、いまの私には手にあまる。

＊

ここ暫くは体を動かした記憶がまったくないから、多分もうかなり長いこと私はこうしているに違いない。そして私は、どうやら自分の手足が蠟のように半透明になりかかっているらしいのを感じる。といっても、私は最近、自分の手足をこの目で見た覚えはない。ほんの少し目を動かすか、それとも手足を目の前に持ち出してみるかすれば、すぐに事態ははっきりするのだろうが、それをするはずみに現在の私の体のバランスがほんの僅かでも失われれば、その不均衡が、たとえ少しずつでも、止めようもなく拡大して行ってしまう恐れがある。だから私は、そんなことをして崩壊や流失の危険に身をさらすよりも、ただ自分の手足が半透明になりかかっているという感覚がどこからか伝わって来るのを、証明もなしに受け入れる方を選ぶ。

*

かつて地上では、濡れているということは特別の一時的な状態であった。そして濡れたものはなるべく早く乾かさなければならなかった。しかしここでは、乾いているということなど、たとえ一時的にもせよあり得ないのだ。その代り、ここにはしたたる雫というものがない。だからここには時刻がなくて、ただ等速の、きわめてゆるやかな流れだけがある。

＊

いっそ思い切って、水の中で身を伸ばしてみたらどんなものか。言うまでもなく、それは危険だ。だが危険はまた誘惑でもある。もしも私がそうしたら、そのときあなたはどうするだろう。あなたもまたあなたの眠りの中で、おもむろに腕や頸を伸ばすのだろうか。ひっそりと白いしなやかなものが、私の記憶のうちで植物の蔓のように伸び始める。

＊

しかし、あなた、となぜ私は言ったのか？　誰に向かってあなたと言ったのか？　私は何を思い出しているのか？　私の待っていたものはもしかしたらこれだったのか？　いや、そんな筈はあるまい。待つことが終るということ、それも何かを私が思い浮べる形で終るということ、それは私を取り巻く水にとっては一つの危険であり、私にとっては危機の予感となるもう一つの危機である。しかしそれも、記憶に何の錯誤もないとしての話だ。

＊

そうだ、どうやら目に見えない粗密波のようなものが、弾力のある壁のように水の中を拡がり始めた。それはまるで水の中にある第二次の水、私の後頭部を怯えさせる異質の世界だ。その圧力が私の眼球を、静かに、しかしさからいがたく押しつけるとき、私は自分の目のすぐうしろのあたりから、思いがけなく一つの泡が生まれてのろのろと上へ昇って行くらしいのを、かすかに感じる。

＊

考えようによっては、この水は最初から私を包んでいたのではなく、むしろ長い間に少しずつ私の体から滲み出したものかも知れない。だとすれば、私は私の中に浮いているとも言えるし、私は私の中に沈んでいるとも言える。

＊

そしてやがて私が水の中にいることを私自身忘れる日が来たとき、水はその冷たい悪意を完成させるだろう。

冬の想い

いつもこちらへ一つの面だけを向けて
静かに熟して行くくだもののように
あの丘はもう生まれたか　と君がたずねる
赤松のそびえる池の向うの
(てのひらは何も語らない)
閉ざされた門と　形容詞と
こうして君もまた老いるのだろう

かぼそい電話器を傾けながら
(自動的瞬間よ持続せよ)

真白い耕地から枝という枝が突き出し
土器を掘る女たちが今日も群らがる
どうやらこれだったらしいな　おれの苦役は
おっしゃる通りにしましょう　風がまだ
衿首のあたりに冷たいうちは

火焔
ほほえみ
壺の影
一筋の時刻が盆地を照らし
(何てやわらかい背中なんだ)
道は行き止る　その向うには
木立のない距離がひろがるほかはない

虹色の狼たちが愛し合い

それから消える　消えてまた現れる
（この石がともしびなのか）
おれの顔は内側へけば立って来る
そして君が　ゆっくりと千切ったパンを
口に運んで行くひまに
背後では一つの球体が閉ざされる

そうだとも　おれはすでに
何年かかっても忘れきれないほどのことをおぼえてしまった
仕方がないさ　コーヒーを飲ませる店ぐらい
そこらにあるだろう
あったら坐ろう
坐ったらもう動くまい
（まだやって来ないな　あれは）
あの丘はもう生まれたか　と君がたずねる

凍てついた夜の皿のように
そしていつ　誰が　あの門をあけて
一つの血統を断つだろう
火焰
ほほえみ
壺の影
チベットの雪がジブラルタルの外に降る

鳥

まだらに染まった空を一羽の鳥が飛んで来る。夜明けに噴火湾あたりを飛び立った飛行艇ほどの、ずっしりと巨大な鳥だ。まだずいぶん遠いから影のように浮いているばかりだが、その途方もない大きさだけは私にもわかる。ときたまゆるやかに羽ばたきはするものの、あとは張りひろげた両翼をほとんど動かそうともせず、滑るようにゆっくりと、しかしまっすぐにこちらへ向かって来る。いわば目に見えない大きな舌が音もなく突き出されて来る上へそっと載っかっているようだ。しかしそれは少しずつ着実に近づき、少しずつ着実に巨大になる。あれはたしかに、私を目がけて飛んで来るのだ。ほかに考えようもない。何の鳥なのかわからないし、羽根の色さえ見わけがつかないが、そいつの目が見開かれて、視線がぴたりと私に注がれているのを、遥かな距離をへだてて私は感じる。あかりもないここの暗がりにいる私が、どうやってあいつに見えるのかは知らないが、鏡の中の自分と目を見合わせたときのように、私自身の視線がその場で私にはね返って来る格好で、鳥は私の目を睨んでいるに違いない。その一事だけでも、彼が私を目がけていることはたしかだ。

むろん、まだ距離はある。あの近づき方ならここまで来るのにあと五分や十分はかかる。しかしいったい、あいつは私に何をしに来るのか。私はあんな巨大な鳥をこれまで見たこともないのに、あいつはどこから、何のために、私を目ざしてやって来るのか。私がここにいることをどうやって知ったのか。その鳥から目をそらすことがいまはできない。私が鳥を見ることと、鳥が私を見ていることとは、もはや一つだ。私の目は次第に凝って来る。鳥の姿がふと掻き消えたかと思う瞬間がある。しかし私は、それが私の一瞬の錯覚でしかなくて、鳥がやはりそこにいること、次の瞬間には丸い腹の輪郭を前よりも一層はっきりと見せながら、視野の中の同じ位置に、より大きな姿を現すだろうことを承知している。

いよいよそばへ来たときの大きさはどれほどだろう。私の知っているあらゆる鳥の尺度をどれほど越えているだろう。あの羽毛は柔らかいのか、それとも毛筋の一本が木の枝ほどもあるのか。腹にひそめた両脚の爪は鋭いか。嘴は固いのか。やって来て私をどうするのか。おしつぶすのか、呑みこむのか、羽ばたきで打つのか、さらうのか。それがどんなことかは予想もできないが、あいつがああやってまっしぐらに私を目ざす以上、私を決定的に変えてしまう何かがもたらされると思わなければなるまい。たとえあいつが私を突き抜けて背後へ行き過ぎるだけだとしても、そのことによって私の目は裏返しにされるだろう。それは私にとって避けようのないこと、あらかじめわかっていても対策の立てようのないことなのだ。

まだあと五分や十分はかかるだろう。私は目にあらん限りの力をこめて鳥を見据え、鳥と鳥のもたらすものとが正面から私にぶつかって来るのを待ち続ける。おそらくはその五分か十分かが永久に過ぎ去らないであろうことをうすうす知っていて、そのことにいくらか安心し、そのことにいくらか失望している人のように。

平原にて

おれが黙っても石が叫ぶかどうか
知らないが石はある
無数にある
その一つ一つがおれの荷よりも大きい
雲の下で　草の中に坐りこんだまま
一つ一つがかすかに唸っている
そいつが真昼の幻聴でない証拠には
近づくごとにそれぞれの音程が違うのだ
おそらく　夜ともなれば

どれもがどの側かにあかりをつけて
もっともらしく皿の音を立てたりするだろう
おれは石と石の間で草を搔きわけ
石と石の間から空を見る
遠い立木を見る
石を信じることは恥ではない
だが　あの樹なら
おれの背に血と土と一緒にあるのがその苗だ
そしてそこらあたりに　石に紛れて
ただし唸り声もあげずに転がっているのがその残骸だ
風のない平原に
晒されよ　晒されよ
と苗がささやく
おれの饒舌な足がそれに唱和する
唱和しながら　石と石の間を縫って

立木をめざす
そうだ　もう少し
もう少し近づけばおれの目にも見えるだろう
あの樹の　一番下の枝のあたりに
背中で貼りついて
黙って晒されている木彫りの人形が
聖なる巣箱が
だから　それまでは
石どもよ　唸り続けろ
そして梢よ　幾度でも千のつぐみを放て

渚へ

あと一つ小さな砂山を越せば、あとは波打際までゆるやかな傾斜で下って行くだけの、その最後の砂山の手前にちょっとした水溜りができて、雲の切れ間が映っている。ここに佇んでいると海は見えない。ただ、砂浜に砕ける波の音だけが響いて来る。あたりには砂防のための松の苗木が、海岸線と平行に、どこまでも続いて植えてあるが、潮風が強すぎるためか一向に育たない。枝の下をくぐれるような松林ができるのは、まだ遠い先のことだろう。

こうして海を見ずに、渚から少しばかり離れたところで、耳でだけ波を聴いていると、それはまるでいつ果てるともない単調などよめきの連続のように聞える。放送劇の効果音では、波の音は断続的なものとしてつくり出され、聞く方も波の音とはそういうものだと思いこんでいるが、あれは違う。磯波なら別だろうが、少なくともみぎわの線の長くつらなる砂浜では、音はほとんど起伏もなしに持続していて、時たまほんのわずかに高まるだけだ。その鳴り方も、叩きつけたり砂を嚙んだりするといった、具体的なイマージュを持つ響きではなく、水と砂と大気の総体の中に一面に音がこもっているような、こちらの体を包んであらゆる方角から押し寄せて来るどよめきである。

さて、ゆっくりと最後の砂山をのぼると、まず妙に平べったく暗い水平線が見えて来る。それから次第に、その水平線のずっと手前で、海面のそこここに規則性もなしに発生しては移動する不安な水の傾きが目に入って来る。それは素早い影のように立ち上ったり、横へ走ったり、かと思うと一瞬にして消えてしまったりする。しかしやがて、不意に何かの黙契が成立したとでもいうように、その傾きが俄かに視野いっぱいの幅を獲得する。水面に並ぶ無数の小皺を次々と持ち上げながら、それは一刻も早くどこかへもぐりこもうとするようにまっすぐにこちらへ滑って来る。その間にも傾きはもはや次第に大きくなるばかりで、前面の影を見る見る濃くして行き、やがてその影の中に、暗緑色の、つややかな、誘惑にみちた垂直の壁が立ち現れる。そのときはもう、壁の上端を横一列に飾って白い泡が吹き出し、そして、逃げ遅れた光のまだ右往左往している黒い渚が、一度にどっと姿をあらわす。

眼

幾月かあと　確実に雪が降るとき
それが雪と呼べるかどうかは別として
地を埋めようとするものの中に　静かに
一つの眼が浮かび出るだろう

そのとき　いまさらのように
その眼を石と
あるいはつややかな球体と
呼ぶことができるかどうかおれは知らない

声をあげもせず　立ち去りもせず
降って来るものの下に埋もれもせず
正午を持たない光線のように冷たく
眼はささやくだろう

——私は石
そして私は確実な死　と

白い風車

イベリアの真っ白い風車が
ゆるやかに　ゆるやかに羽ばたく限り
丘の上はいつまでも真昼だ
いつまでも空腹だ
ここから西へ　海はやっぱり
はがね色の花びらをひろげているか
振り向かなくてもいい
視界を変えたって何にもならない
すぐに襲って来るその瞬間に

おれの見ていたものだけがおれになる
それが永遠の幻燈さ
何というつかのまの
ものだけでやって行かなきゃならんのか
おれはいま　ただの棒杭
昔は谷間に暮したこともあったっけと
歌いながらはじけるだけさ
見ろよ　傾いて真っ白い
壁の崩れにつるくさが這い
つるくさの葉の先にてんとう虫が這っていて
大きな光がまた羽ばたき
神様　神様　おぼえていてやって下さい
こんなちっぽけな記憶さえ
誰にも伝えることができないんだから
おれ一人で見守って行くほかはないんだから

紫陽花

壁に蔦
蔦の中に顔がある
生半可な詩句を噛み殺し
わき目もふらずに歩いて行く
若い男を
蔦の蔭から壁が見ている
そいつがおれのたった一つの悲しみだ
海の上のしみ
茶畑の中の化石だ

果せるかな部屋の中まで霧が溢れて
おまえの姿が見えない　声もしない
白い気配がそれとなく漂うだけだ
仰向けのままおれは片手をさし出す
正確には　さし出すと信じる
甘えるつもりだったのかな　おまえに
その手が何かに触れる代りに何かを取り落す
持っていたとは思ってもみなかった何かを
何だかわかるものか
たぶんおれの顔
蔦の中にあった顔だろう
それとも紫陽花のようにふくれ上った夥しい眼球だろう
おれはわき目もふらずに
もう遥か遠くにいる
もう声も届くまい

紫陽花は相変らず盛り上り続ける

地の衣

日ごとに透けて行く林の向う
仕組まれた編目の蔭から
地衣類のような家々が姿をあらわす
それがいまおれに残された風景
君たちの願いごとの叶ったしるしだ

薪《たきぎ》は集めれば集まる　しかし
乾いた枝を燃してみても何になる
辛うじて欠け残った一枚の皿に

ささやかな酒を盛るばかりさ
火の夢よ　焰の夢よ　醒めずにあれ

樹の形をした虚ろに触れたばかりに
てのひらの中にぬかるむもの
すべての冷気は夜の方へと流れて行くが
おれの首はどれほどに野から遠いことか
そして野はどれほどに極から遠いことか

なろうことならもう行ってしまいたい
みすみす引き留められていたくない
わだちの底を這う虫　それを埋める土
モーツァルトを忘れていいと誰が言ったか
地衣類には影がない　君たちの足音のように

訪れ

移し植えて枯らした樹々のまぼろしに
いま　ささやかな雨が訪れる
そのように私たちは愛し合っていた
吠えない犬たちにとりまかれたあの町で

ささやかな雨は　指を濡らさず
音も立てずに　ランプの向うをよぎろうとする
こみ上げるへどの匂いを噛み殺し
皿の上で死ぬ蠅を見捨てながら

その顔は仰向いていたか　雨脚は
階段の下になおも佇んでいたか
証拠という証拠を影に沈めて
路面を埋める犬たちの耳の波

そのときだ　灰の中からにじみ出る
われとわが唾液の味　つかのまの冷たさ
よみがえれ　しぐさよ　よみがえれ
慰めのない樹々の思い出の上に

火の鳥

そうだ　灰だったな　忘れていた
そうやって君が両手に掬う　そのささやかなもの
燃え尽きたものたちのぬくもり
祈ろうと祈るまいと陽はかげる

安心おし　羽ばたきはすぐによみがえる
さもなければわれわれが別の花火を浴びるだけ
——村を過ぎ　火の見から火の見へ渡り
飛び去って行く一つの影を見送るまでさ

焰の思い出を頬に溜めて
崩れるものを崩れるままに
ただ叫ぶだけのこと
あの遠いほてりを返してくれ　と

*

沼のおもてをかすめる
宿命の燕のように
私の盃に
火の粉が落ちる

寝静まった街の石段を
こだまがひとあしずつ登って行く

＊

この世に何百万羽の鳥がいるかは知らないが、その中に一羽だけ、決して地上に降りて来ない鳥がある。そいつを見たことのある者は少ないが、見られたときは、それは決まって薄暗い空の片隅を閃光のようにかすめたという。もっとも、寺院の尖塔だとか、高い梢だとかにとまることはあるらしい。

昔は、画家たちは一種の作法として、絵の中のどこかに必ずその鳥を、せめて羽根一枚のきらめきだけでも描《か》きこんだものだ。疑う人はフラマン派の巨匠たちについて検証されたい。この風習がいつとはなしにすたれたときから、われわれの堕落が始まったのだ。

私の知るところでは、今世紀に死んだある画家が、それを、南海の風物の中に、燃えるような真赤な色で塗りこめている。むろん、宙を飛んでいる姿である。

＊

おまえたちはまた
相も変らぬやさしさで
おれの風景をひとり占めにする気だな
きのこに似た島よ
島に棲む火の鳥よ

時間は長い長い廊下のようだ
その突き当りに
ただ一つ　燃えさかる炉の口があいている

＊

朝のテーブルは一羽の鳥
羽ばたいて　それは不意に飛び立つ
君のコーヒー茶碗を載せたまま

私には背中がない
影もない
燃え落ちよ　私のきのこたち

＊

鳥を取ろうと
手を
のべる

鳥は
取れずに
火が燃える

＊

どうかね、たとえばわれわれが、あの恐るべきピエロの描《えが》いた祭壇の聖母のような、途方もなく巨大な女のひろげるマントを、天幕のようにひっかぶった世界の中で暮していると考えてみることは、君を喜ばさないかな、そうすれば例の、向うの空に派手な焰を上げている鳥にしても、言わばそのマントの裏地にある銀糸の縫い取りだと考えることだって立派に許されるわけだ、そうだろう。

悼

哀愁は明らかな
一つの意志とならねばならぬ
そう言い残して
一人の詩人が席を立つとき
傘のように無言のまま
上衣のように当惑して

頭の隅でゆっくりとまわり続ける
小さな車輪の音を聞きながら
私たちは　まだ例の坂道の途中で
自分の汗に凍えているばかりだ
坂の向うにはどうせまた別の街
はだかの並木がある街

海をさすように
それを指さしながら
帽子のない私たちに
もう一度だけ語る声がある

そのように人は街に立たねばならず
くっきりと歩み去らねばならないのだ　と

脚

一匹の蟻のように生きるために、人は何万匹もの蟻を殺す。だが、私がおまえを殺したのはそのようにしてではなかった。

頼むからもう暫く黙っていてくれないか。私はいまでもおぼえている、世界がまだ魚市場のように喋り立てていたころの、おまえの機嫌のいい沈黙を。強いてほほえむ必要もなかったし、むやみに体をゆする必要もなかった。ただ、そのあたりにだらしなく脚を投げ出して、じっと坐っていればよかった。すると、ちょうど日にぬるんだ沼の中に一歩一歩踏みこんで行くときに、ある部分では妙にあたたかく、別の部分では妙につめたく感じられる水が、次第に両脚から股間へ、腹へと這いのぼって来るのに似て、その投げ出した脚の先から、ある種のひやりとするなめらかさがじわじわと皮膚の上を攻め寄せて来るのだった。そういうなめらかさが、何と言ったらいいか、要するに私の気に入っていたのだ。

だから、私がおまえを殺したのは、それで世界を陰転させようためというよりも、むしろそのなめらかさをそこにそのままじっととっておきたかったためだ。お願いだからもう少し蟻のように黙っていてくれないか。

祭

影を踏む足は思い出さない
夏の祭
塩の峯
豆の葉の裏にひそむ豆の莢
河にそって歎きの声が流れ
色とりどりの紙片が
羽ばたかない無数の鳥をかたどるとき
ほてる砂地に蜜と乳とが溢れて
街には焔がしたたるだろう

何に魅入られているのかを知ること
それしかない
そのためにこそ暦があり
地図がある
雨はまだ来ない　だからまだ
何も始まらない
摘む指の下でくだものは崩れ
窓という窓が燃え落ちる
石壁が灼ける
雪崩のように丘の斜面を踏み鳴らし
水の方へと
まっしぐらに駈けおりる獣の群れ
よみがえった者たちもいずれはもう一度死ぬのだ

だが　これが合図だろうか　こんなことで
今夜の海が本当に満ちるだろうか
喉の奥に指を突っ込むように
潮が河口へ押し上げ
漂うものすべてを石垣に這いのぼらせるだろうか
青く光る虫が
波を打って
家々の土台を洗うだろうか
あらゆる地下室に詰め込んである
粗い帆布が
雨を吸ってふくれ上るだろうか

夏ごとの
祭のたびに
掘り出される枯芝の根

あるいは犬の骨
それらを集めて焚く火が
街を染める
すると　立ちこめる煙の中から
もう一つの街が姿を現す
物売りの街
軽業師の街
人々は待つ　たとえば
顔のない一人の女がやって来て
自分の影を踏んで次のような唄を歌うのを

《七つ橋
渡らば渡れ
渡らないなら
私と一緒においで　恋人よ

軒の低い街はここまで
この先は森
鴉千羽の棲む森
暗い下草掻きわけた
そのまた奥の一軒家に
待つ人の名を私は知らない》

祭の終り
針が折れ
鉢が砕ける
塩が地に撒かれ　風が吹き
待ちくたびれていた季節が戸を閉じる

沈む町

立ったまま沈んで行く塔のために
私たちは言うだろうか　時がまだ来ない
だからこうなるほかはないのだ　と
裂かれた繃帯を砂に埋めて
てのひらを払って立ち上り
茶碗一杯の悲劇を求めて歩き出すだろうか
行商人たちの真昼
微笑する井戸
やわらかい　やわらかい

やわらかい庭
踊りながら沈んで行く町々のために
私たちは思い出すだろうか　あの朝の
毛布にじっとくるまれていた魚のぬめりと重みとを

窓

その椅子の上で　まばたきもせずに
じっとこちらを夢みているものは何なのか
一つの思念が部屋を横切り
音もなく向うの窓から出て行くように
おれの胃のあたりを絶えず掠めるものは何なのか
窓の外にはいつわりしかなく
窓の中には呪いしかないとすれば
これはもう　意志ではなく
乏しくなった蠟燭でもない

水よ　ささやかな循環よ
おれはどこまで下ればいいか
夜が明ければ谷は閉じ
時はただしたたるだけになる
それでもまだ何とかなるか　水銀灯が黙ってともり続けるように

歎きの声もしない
封印もない
だが　その椅子の上で　まばたきもせずに
何かが相変らず夢をみている
窓はとうに枠だけになっているというのに

海から来た女

海から来た女など、いるわけがないじゃないか。第一このあたりのどこに海があるんだ？　ここの女たちはみんな、隣の町から来た者ばかりさ。おふくろもそうだったし、長いことおれの女房だった女もそうだ。もっとも隣の町と言ったって、どうやらあの裸の丘の向う側にあるらしいというだけで、少なくともおれは行ったことがないし、この目で見たこともないんだから、海と呼んでも同じことかな。正確にはどこにあるのかわからない。なぜそこがこのあたりへの女たちの供給源になっているのか、それもわからない。あの丘の向うらしいというのだって、つまりはそっちから女たちが来るからだけのことさ。

　歩いて来るらしい。乗物なんぞないし、水路もないからね。走って来るのや、跳ねながら来るのもいるかも知れない。だがそれも、実際に来るところを見たわけじゃなくって、本人がそう言うからたぶんそうだろうと思うだけなんだ。要するに、正直なところを言えば、いつのまにかやって来てるってわけさ。たとえば外から帰って来て、自分の小屋の戸をあけると、薄暗い中に思いがけなく女が坐っていて、ありゃ、家を間違えたかな、と、うろたえたりする。こういうとき女はたいていい向う向きに坐ってるね。こちら向きで、あけたとたんに目と目が合ったりしたら、ここの男どもはおれもそうだがみんな臆病だから、こわくなって逃げ出すかも知れない。

ま、とにかく、どんな風にしてかは別として、歩いて来るんだろう。髪の毛がばさばさと乾いて、かすかに埃の匂いがするからだ。それ以外のことは、女の様子からも言葉からもわからない。なぜここへ来たのか、なぜおれのところへ来たのか、それもわからない。棲みつくらいだからたぶんここが気に入ったか、それともこのおれが気に入ったか、どちらかだろうとは思うんだが、別にここにおれがいることを知っていてやって来たわけでもなさそうだから、ずいぶん行き当りばったりなことをするもんさね。

とにかく女はここで暮す。そりゃ、女がいてくれるってことはいいもんさ。働き者ならなおさらだよ。ときには子供も生まれる。だが子供ってやつはたいていどこかへ行っちまうね。とくに女の子がそうだな。むろん死んじまうこともある。そういうときは小屋からあまり遠くないところへ埋めてやる。穴を掘るのはおれの仕事で、泣きながらなきがらを抱いて来て、穴へ収め、土をかけてやるのは女の役だ。それから二人して祈るんだが、考えてみると祈るってことは何をすることなのか、よくわからない。おれは女がかがみこんで、目をつぶってじっとしているのを、ぼんやり眺めているだけだ。

そうそう、言っとかなくちゃいけないのは、子供は死ぬことがあっても、女がここで死ぬことはないってことだ。いつのまにかいなくなるのさ。おふくろもそうだったし、長いことおれの女房だった女もそうだ。どこへ行くんだろうね。来たときと同じにふいといなくなる。行くのを見たためしがない。もとの町へ帰るのかどうか、それもわからない。たぶん帰るんじゃないと思う。来るときは若いが、いなくなるときはたいてい齢をとってるしね。女だって生きものだからいつかは死ぬとすれば、ここで死なないでどこで死ぬのかな。何でもアフリカの奥地に象の墓場があったり、北の海の果てに抹香鯨の墓場があったりする話は聞いたことがあるが、もしかするとこの世のどこかに女の墓場ってものがあるのかも知れない。もっともそんな墓場を見つけてみたところで、とれるのは象牙でも龍涎香でもなく、せいぜい髪の毛ぐらいのものだろうが。

橋

星がいつもほど暗くないこの季節
川向うをまわって帰る
つまり　橋を二度わたる
同じ橋かどうかは思い出せない
おれは時間と同じ速度で流れただけだ

川は塩素を匂わせながら
星があればあるほどに淀みこんで
まるで臨港鉄道の線路のように

不揃いな壁の間に横たわる
どうせどちらの岸も悲しみの市《まち》
この先は望みのない者が行くがいいと
暗くて見えないが　橋という橋の
両側の袂に落書きがしてあるにちがいない
川は罠
たぶん罠
底光りのする冷たさ　潮の重さ
どこまで走っても逃げられるものではなかろうよ

橋のゆるやかな反りを越えて
向う岸へとくだる　そのときのけだるさ
目をつむると眼が見える
目をあけると信号機が見える
路上のきらめきが見える

再び目をつむると　もう何も見えない
一つおぼえの呪文
何の役にも立たない呪文
とかげ一匹つかまえられるわけでもなく
あとほんの僅かな筈の橋がまだ終らない

おれは時間　おれは川
星がいつもほど暗くないと言っても
おれの流れは少しずつ遅くなる
つまりはそれが罠さ
手持ちのささやかな身ぶりではほどけない
痛みもない代り
歌も歌えない
かすかな傾きだけが背中に残り
それが揺れる　とかげが走る

星が妙に低いところまで垂れて来る
どうやらこれがダブリンの思い出というやつか

こうとは違う川もあったな
たとえば　そら　灰色のあざらしの
硬い毛皮が女の肩に干してある
漁港の朝の川
あるいは　灯明の点々と漂って行く川下の水が
闇の中でそのまま天へ続く川
だが　それらの川にもなにがしかの橋は架かっていて
川という川は結局はどれも同じさ　なぜと言って
川は時間が横ざまに地上に置かれたものだろうから

川向うをまわって帰る
つまり　橋を二度わたる　それだけのこと

だが　臨港鉄道の線路が夜の底に伸びていて
二度目の橋がいつになっても終らない
どの橋だかも思い出せない
嘔気のような悲しみがこみ上げて来て
おれのとかげはどこへ滑って行ったやら

詩集　この街のほろびるとき（1986）

シエナの南

たまねぎと卵の匂いの中を
シエナの南にあこがれたまま死んだ
一人の男が帰って来る
くたびれ果てた外套を肩にかついで
相も変らぬ曇り空の
いらくさとにがよもぎの空き地の角を曲る
四つ辻の路面には血のしみ
アスファルトのくぼみにはあぶら
だが　それも

冷えた夏のなごりの　鳥の抜け羽を
褐色に染めることはできない
こうして帰って来ても仕方がないではないか
とかげの目をした君に
青い空が青く見えたことはあるのか
すべてのものは腐敗するのだから
売れるものは売れるうちに売っておくべきだったな
人のいない　むき出しの長い坂を
それでもいくらかは明るい方へ
影のない男がゆっくりと登って行く

にあらとじ

なつかしむも自由
惜しむも自由
振り向かずに立ち去るも自由
あざ笑い　あざ笑われて
もうすぐにいなくなる君のうしろを
千本の指が追うだろう

どんなものの上にだって草は生え
耳も生えるさ

驢馬の耳　それとも蛇の耳
朽ちたほとけの耳の垢
いずれどこからか足音がする

それまでは眠っておいで
草むらに落ちた針のように
目をつぶったまま笑っておいで
Nearer to thee《にあらとじ》
Nearer to thee《にあらとじ》

*

せめてものこと　刈り取られた麦のように
穂先を揃えて束ねられ

やがて逆吊りにされる人々を
祝福すべきではなかったろうか
束ねんとする者らにはわざわいあれ
あるいは　物静かな一日を暮れるにまかせ
旅人を待ち伏せる羽虫らにわざわいあれ
袋一つ
杖一本
サンダルはもう切れかかる
払うべき塵さえない身だからね

Nearer to thee《にあらとじ》
Nearer to thee《にあらとじ》

*

路面という路面を鳥肌立てて
雨が降る　雨が
すべてを腐らせるべく降って来る
あいにくと傘がないのだ
だからこうして敷石に濡れたまま貼りついている
このことが　願わくは　おれの存在したあかしでありますように
この雨が何ものかを浸みとおしたことのしるしでありますように

干からびたまま濡れている馬
乏しい月日　感度の悪い増幅器だな　これは
ひび割れた礎石に根をおろす
いのこぐさ　あるいは　ささら
ぞっとするほどの貧しさだ
塔も病み
鱗がはがれ

溶け去るものひきもきらねば
つかのまの終止音型が鳴って
ささくれた数え唄が尽き果てる
Nearer《にあらとじ》 to thee
Nearer《にあらとじ》 to thee

＊

こんなことはもう二度としたくないと考えながら、相も変らず魚を釣らねばならぬ。少なくとも釣るふりだけはせねばならぬ。針にかかる魚がいるとも思えないが、それでもこれがおれの善意の挨拶なのだ。

ところどころに家らしいものが建っているが、みんないまは廃屋で、蛇とやすでの棲みかだ。昔は物好きな水浴客の宿だったらしい巨大な建物まであるのだが、これも荷の入らない市場みたいに骨組だけだ。

糸車がまわり、糸車が軋る、その軋る音、さて、くいる、くいる、くるう、くるう、くちる、くちる、梁のくちなわ朽ち果てて、くびる、くびる、こびる、こびる、そしる、そしる、糸車、糸くり車、くるりくるり。

そのときが来て、いやおうなしに立ち上らなければならなくなれば、おれも糸を捨てて立つだろうが、いまのところはこの岸辺にこうしてうずくまっているほかはない。それが君に近づく役に立つとは信じられないが、うずくまることしかできないのだから仕方がない。

だが、こんなことはもう二度としたくはなかったのだが。

＊

Nearer to thee《にあらとじ》
Nearer to thee《にあらとじ》

音楽　あるいは踏絵

その中で眠るための
見えない箱を背に負って
私は海へと向かう　これでいいかい
こういうふうに言えばいいのかい
するとおまえの名はイシュメイルか
それとも多数派か
もう二度としませんと言え　もう二度と
鴉の啼声をまねるようなまねはしませんと
そんなことが踏絵ならおやすい御用だ

私は何度でも言うだろう
それから目をつぶって
頬のあたりで海の方角を嗅ぐだろう
寄せて来るもの　触れて来るもの
ひどく冷たいな　これは
それに少し痛い
ほう　おまえもまた盲目の観察者を気取る気か
町ひとつほろび
町ふたつほろび
どすぐろい数え唄が終らぬうちに
早々とここを立ち去れ　杖にすがってでも
あるいは這ってでも
そう　私は海へと向かう　これでいいのだ
石くれと茨を踏んで
道は少しずつ下って行くだろう

たくさんの素足が踏んで行った地面だ
いくらかは甘ずっぱい匂いもする
見えない羽ばたきが頭上に群らがり
私は歩きながら眠るだろう
手を引いてくれるかね　私の音楽よ

道化師の朝の歌

歌という歌はいつも同じだ
夜が明け離れても駅は暗い
蛍光灯までがばかに黄色い
今日一日これ以上の光がさしそうにもなく
靄の奥で古代の墓が肩を並べる

またしても記念碑だ　嘆きの壁だ
昨日の広告に埋もれて死ぬ人もいる
音も立てず

呼び売りの声もともなわず
ひからびた顔だけを窓にさらして
影のように次々と滑って行く老いた影たち
それが旅かい　生きのびるくふうかい
補陀落《ふだらく》は遠く　海は果てなく
ずぶ濡れの線路に雀が群れる

いかなればわれの望めるものはあらざるか
気の遠くなる話だよ
帰るとするか　おれにしか見えない
暦の裏へ
――あの重たい季節がもう一度
やって来ようと　風が吹こうと
またこうやって目をさますのはごめんだね
いっそこのまま昏《く》れてしまえ

靴の中までしんしんと冷えがにじんで
これでは鐘も聞えるものか

靄の中でもどうやら市《いち》は立つらしい
おれの頭のうしろを単調に滑る粒子の流れ
船は浜辺で立ち腐れて
死んださかなの匂いがする
笑うまい　笑うまい
首を振ってもガラスのかけら一つ落ちるわけじゃない

夢物語

こわい夢を見た、と妻が私に語った。

大きな和風の家屋の、曲りくねってどこまでも続く廊下のようなところを、妻は歩いていた。見たこともない家だったのに、それがたしかに自分の家、それも自分が幼いころに住んでいた生家で、すみずみまで勝手を知っているという意識が妻にはあった。そう言えば天井は暗く、柱も床も古ぼけて黒ずんでいた。そして自分がその家の奥へ奥へと向かっていることもわかっていた。

こういう夢は誰もが一度は見ているに違いない。私にもおぼえがある。その夢の中では、人はたいていある種の子供っぽい好奇心のとりこになって、ほとんど無目的な探求心理に追い立てられるようにせかせかと歩いている。そのせいか、夢の中の自分はまだ子供だったり、あるいはその夢自体が自分の子供時代の記憶をなぞっていたりするような気分がある。そしてまた、たいていの場合、この型の夢は、そこにたしかに存在する筈の昇るべき階段が見つからないとか、何でもない筈の扉がなぜか開かないといった、突然の戸惑いや苛立ちが発生して、それと同時に醒めてしまうのが普通である。

ところが妻の見た夢はそうではなかった。その家は巨大な平屋づくりのようだったから階段はある筈がなかったし、夢の中での歩みには何の障害もなかったし、廊下に沿って並んでいる襖の一つは妻が手をかけるとごく当然にするすると開いた。ただ、妻が驚いたのは、そうやって目の前に開かれた部屋の畳の上に、見おぼえのまったくない、思いがけない人影が坐っていたからである。

そこはかなり広い和室で、横手の奥に床の間と違棚があり、正面には障子が並んでいる。障子の向うは縁側なのか戸外なのか、とにかく一面に明るかったから、その人物は逆光の中で影にしか見えなかった。室内はがらんとして、幾日も掃除をせずに閉め切ってあった埃くささが感じられ、畳も湿っぽく擦り切れているらしかった。

影は一人の病みほうけた、髪のほつれた女だった。顔立ちも年齢もわからないが、どうやら乳呑児を背中にくくりつけている。妻が彼女を見つけて思わず立ちすくんだとき、女は坐ったまま、すがるように妻に両手を合わせた。

――お願い、助けて下さい。ずっとここにいるのに、食べるものが何もないんです。

妻は自分の家にどうしてそんな女がいるのか、そしてその女がなぜまたこの部屋に放置されているのか見当がつかず、ましてそのように哀れっぽく頼まれても自分に何ができるのかわからなかった。ただ、女のかすかな必死の声だけはありありと耳に聞え、その瞬間、この女こそ自分の母親で、背中の乳呑児は自分自身だと悟って、ぞっと恐怖を感じたという。

どうしようもなくこわかった、と妻は語った。ところで私は、それからどうした、と妻に訊ねることができなかった。そこまで聞いたとき、私もまたなぜか底知れぬ恐怖に襲われて目を醒ましたからである。

枯野行

霜に白い
野の上を
滑って行く一つの目が
その目の届く果てのあたり
一本の紐のように直立する
煙を見ている
煙は墨色に雲を汚す
この先まだどれほどの

不和と不幸に耐えることか

物問わない景色の中を
物問いたげに浮かんだまま
目は滑る
遠ざかるものは暗く
張りつめたものは冷たく
雪は一向に降りそうもない

汝らのうち最も心貧しき者
とは誰だろう
沈むべき淵はどこだろう
一杯の茶の立てる淡い湯気を
引き裂く指があればいいが

一枚の立札が
地の名を告げる
それを過ぎて次の地名を待つ
滑る姿勢のままじっと佇んでいる

だまし絵

壁に描いただまし絵の窓の中に
あざやかな青い木立を　あるいは
誰もいないまま陽ばかりが照りつける砂地を
眺めあかして死ぬ人もあるかも知れぬ

壁に描いただまし絵の窓の中から
薄闇の立ちこめる広場に　それとも
向いの家の変哲もない羽目板に
瞳を投げたまま生きながらえる人もあるかも知れぬ

そう　そんなこともあるかも知れぬ　それの証拠に
おれはいまでもありありと見ているのだ　あの灰色の
部厚いペンキで塗り固めた二階建の洋館の
角に出ていた裁縫学校の看板と　その二階の右の端の
依怙地に閉ざされていた窓と

そして　その埃まみれのガラスごしに
裏通りのせまい坂道を見おろしながら
いつも決して動こうとしなかった
一対の目の鈍い光とを
――おれは朝夕そこを通らなければならなかった

この思い出が　わが所蔵にかかる唯一のだまし絵だ
これを見つめておれはもう何年も頬杖をついてはいるが

だからどうなるものでもない
そして人々はだまし絵を見つめるように
窓の向うから　朝夕の通りすがりにおれの目を覗きこむ

真昼の壺

I

地中から掘り出した一つの壺を
さすり浄めて
ひび割れのないこと
中に何も入っていないことをたしかめ
念入りに転がしてみてから
もう一度地べたに据えて
さて　自分がその中にもぐりこむ

中はそっけなく乾いていて

秋の風も吹かず　蹄の音も聞えず
うずくまれば内壁が背中に優しい
ただ　頭上にあいた口を
遥か遠くから空がふさいで
何かをこうこうと鳴らし続けている

その通奏低音を聞きながら私は眠る
いくらかひんやりとするここを
わが体温と
わが体臭とで
いつかは満たしてしまうだろうことを承知しながら
あるいはまた　孵化する筈もない卵の中で
静かに宙吊りになったまま日を送る
巨大なただ一個の細胞を夢みながら

秋の日はひたすらに壺に照ろうし
私の眠りはゆっくりと発酵し　汗をかき
やがて僅かばかりの液体が壺の底をひたすだろう
青空の底知れぬ痙攣には目をつぶったまま

II

埃の舞う路上で、一人の老いた盲目の修道士が話しかけて来る。

――この世界というものがわれわれすべてを収容している巨大な容器であるとしたら、その外側に果して何があるか、考えてみたことがおありかな。考えてもわかるまい。誰も知らない。あんたの神でさえ、それがあんたの胸のうちに宿り給うという一事によって、すでにこの容器の内容物の一つではないか。何よりもまず、この容器の壁が、その材質が、問われるだろう。かりにそれがガラスのように透明であったら、われわれもそれを透かして世界の外を眺めやることができように。

だが、実はそこに一つの詐術があるのだ。よし透明であったとしても、それを透かして眺めるためには、ちょうどあんたが室内から窓ごしに街路を見おろす場合のように、その壁がまったくひずんでいないこと、つまり光線なり視線なりをいささかも屈折させないことが条件だというのに、そんな保証はどこにもない。むしろそれがわれわれの周囲を継ぎ目もなしにとりまき、われわれをすっぽり包みこんでいるという前提からして、当然ひずんでいると考えた方がいい。

そしてこの詐術の総仕上げが、光というものだ。真昼の青空がどうして星々を消してしまうのかご存じだろうな。紗のカーテンのこちら側を明るくし、向う側を暗くすれば、たとえ紗の目がどれほど粗かろうと、向う側の闇に何があるのか、垣間見ることさえできなくなる。要するに、一つの空間の中で光がわれわれとともにあるとき、その光は一見われわれを光明のうちに置くと見せて、実はわれわれの世界を限り、その限界の外に対してわれわれを盲目にし、ひいては限界の存在そのものを忘れさせてしまうのだ。しかもこの光たるや、われわれの傍らに位置しているようでありながら、実際にはカーテンの向う、すなわちわれわれの容器の外からさして来るのかも知れないのだよ。光源などというものはどこにあるか知れたものか。このこともまた、昼の空を考えてくれればおわかりだろう。

やれやれ、限界と光明との、この裏腹な結びつき！　プロメーテウスの神話が事実だとしたら、あの伝説の巨人も困ったことをしてくれたものではないか。あのおかげでわれわれは、光を背負いこんだばかりか、恩着せがましくもとんでもない木箱まで送りつけられたのだからな。無限の可能性を手に入れたつもりが、実はまんまと限界に閉じこめられて、その狭苦しさの中でわれとわが身を互いに掻きむしるほかはなくなったのさ。

考えてごらん。光のない状態を闇と呼ぶとして、もともと闇と光と、どちらが古くからあったのかね。伝えられる限り、太古の、原初の、それなりにおしなべて均等で、果てしなく安定していた世界とは、闇そのものだった。そこへ光が現れて、不均衡が始まったのだ。物質が生まれ、物に形が与えられ、有と無とが分れ、愚直な遠近法がいたるところを支配し、何もかもが相対化されてしまった。あらゆる差別がここに始まるのさ。たとえば盲目という言葉にしても、光線を受けとめる機能の有無を問うにほかならないのだから、光がなければそもそも盲目そのものがあり得ない。オイディプースがおのれの目をえぐったのは、言ってみれば光明の拒否であり、最後にわずかに残された叡知の所業だったわけだ。それももう昔語りになってしまった。私の目かい、なあに、これはただのつまらぬ病気のせいで。

　まあそんな具合に、われわれの無知は二重三重の仕掛けにはまっている。外側も知らんで、どうして自分たちが内側にいるなどと、勝手に思いつくことができたのか。むしろこちらが容器の外に締め出されていると考えたっていいのさ。どっちみち光は向う側から来るのではないか。外の暗きにありて歎き歯嚙みすることあるべし。歎くことさえおぼつかないというのは、疎外されていながら疎外されていること自体に気がつかないからだ。これはもう取り返しのつかないことだよ。

闇の底、とこしえの風吹きすさび、暗黒の波のひたす岸辺に、汝《な》が骨はけだし白からん、と、これはうろおぼえだが、昔、目のあいていたころに読んだ詩の一節だ。さて、たしかこのあたりに古い井戸があった筈なんだが、のどが渇いて仕方がない。ご面倒でもそこまで手を引いて下さらんか。

海の顔

この浜へ　壁のような風と一緒に
とめどなく寄せて来る顔がある
眠ろうとするたびにそれが見える
眉もなく目鼻もなく透きとおった　しかし
笑いながら寄せて来るそれはたしかに顔だ
笑いに濡れて　だが壁のように無言のまま
暗い沖合から髪ふり乱して寄せて来る
眠ろうとするたびにそれが見える

そして私は眠りこみ
一つの石が井戸の中へ落ちて行く
潮の匂いのする井戸
風のように鳴りやまない井戸
眠りの底では何もかもが露出してしまうから
たぶん確実に私の耳は吹きちぎられるだろう

私は私自身の目の中へ落ちて行く
頭痛のようにどよめきがやまず
幾度となく　性懲りもなく
あの顔が沖合から寄せて来る
ずっと前からこんなことには慣れているので
私はさからわない　さからうすべもない
何も始まらないし何も終らない

そんな顔など見たこともないとぬかしたのは
どこの都の詩人だったか
眠ろうとするたびにここではそれが見える
眉も目鼻もないその顔の寄せて来るとき
私は藻の匂いを嗅ぐ思いがする
だが沖も浜辺も真暗で　壁のように
重たい風がただぐいぐいと押して来るのだ

雨傘

一本の雨傘のほかに
何も持たない
その傘も開くとすぐに漏って来る
傘が漏れば靴も漏る
あの年の六月から
九月にかけての雨また雨
ドラムならばどう打つ　それともどう撫でる
村雨橋もいまは昔だ

雨を引きずり
雨にまみれて
濡れても濡れても草の実ばかり
一羽の燕も視野をよぎらず
靴が漏れば靴下も漏り
ぬめる道には足跡さえも残らない
あらかじめ嵌めこまれた
マンホールの蓋を踏んで行く

傘のうちにも
傘のそとにも
雨が立つ

フランドルの雲

この街の冬空にも
フランドルの灰色の雲が
金色に縁どられて
燃え縮まることはあるが

軒の向うで川は埋まり
無表情な女たちは
路面にしか
身を投げることができない

封鎖せよ封鎖せよ
どうせ私たちは出て行かない
指図せよ指図せよ
どうせ私たちは従わない

植木鉢の下に
夥しい虫が這いこむように
なまぬるい窓の中へ
確実に硬貨が落ちて

それでおしまい
引き返すあてもない
火にくべられた紙のように
無表情に燃え縮まるだけだ

途方もないフランドルの雲を思い浮かべながら

夏の花々

やすらかに眠ってくれ　と人は言い
やすらかに眠りたいと私も思う
だが　私たちをここに横たえておいて
君らは明日　どこの四つ辻に店を出すのか

薄赤い毬のように百日紅が咲き
それから夾竹桃が咲き　芙蓉が咲き
むし暑さに押しつぶされた軒の間を人が行き
そのとぼとぼとした歩みの下に私たちが埋まっている

眠るとは
やすらかに世界を棄てること
地球を覆うゆるやかな呼吸のリズムで
何もかもを秩序づけ　そして忘れてしまうこと

そんな器用な芸当をやってのけるには
私たちはあまりにも剝《む》かれていた
淋巴液をしたたらせながら　痛みのあまり
火の中にうずくまることしかできなかった

こうして長い日々が過ぎ　麦は枯れ
見開いた眼球に人波が寄せ
落ちた橋がふたたび架かり　鉄材が組まれ
君らの呼び売りの声だけが今日も聞える……

そう　やすらかに眠りたいと私も思う

海辺の時

海辺に棲んで
海を見ず
海を嗅がず
海の呟きも聞かずに
ただ砂埃にまみれたまま
もうずいぶん長い月日をおれは過した
そのあたりに海がいまもあるのか
ないのかさえ心もとなくなった
ゆるやかなうねりにゆるやかに

もてあそばれる小さな手漕ぎ舟の上で
まぶしげに目を細めて笑っていた顔
あれが果しておれのものだったかどうか
それもあやしい
手を伸ばせば届きそうだった夕日も
いまとなってはどこか
いずれおれにはかかわりのない
遠いところへ没して行く

戸をとざし
雨戸をとざし
目ざめては薄い塩汁を吸い
忌わしい星々の物語を読み返し
いや　読み返すというより
ひとごとのように思い浮かべながら

おれはもう少しの時をかけて
おれの尻と畳とを充分に腐らせよう
たとえそれが
ここではない別の海辺で
一つの波が持ち上って崩れる
たったそれだけの時間だとしても

この街のほろびるとき

この街はやがてほろびるだろう。それは間違いのないことだ。いまさら予言者を呼ぶまでもない。あらゆる街は建てられたときからほろびに向かうと決まっている。

だが誤解しないでほしい。ほろびるのは街であってあなたや私ではない。いや、ほろびるのはこの街であって街そのものではない。なぜなら、街そのものとは、建物でも広場でも地下道でもなく、つまりはこうしてここにいるあなたや私にほかならないのだから。

だとすれば、遠慮なく、雑踏の中でお互いにたっぷり見つめ合うとしよう。私はたぶん明日にはここを立ち去るが、そのときいなくなるのは私ではない。無数の街の中の一つの街が、閉じて、そして消えるだけだ。それまではまだ暫く、私はここにいて、あなたがいて、頭上にはこの街が高々とそびえている。

死者の笑い

「たまには笑へ　死者よ　死者よ」
と歌った詩人と二人
柔らかい雨の午後
杉木立のそびえる谷の奥に
もう一人の死者をたずねた
梅がほころび
石畳が濡れていて
私たちは二人とも笑わなかつた

その死者の故郷の海辺から届いた蟹の
もてなしを受けながら
詩人はすでに死者である自分を語った
甲羅の裏の味噌をつつきながら
死者であるべくしてあれない自分を私は思った
いずれにしても美しい祭の日は近く
その日こそ私たちは笑う筈だった

もしかしたら　その日には
壁の上の影となっているあの死者も
笑うかも知れない

ひどく長い旅をした一日だった
日が暮れて雨もあがり
木立の下の木戸をあけて二人は辞した

「水溜りをよけることは死をよけることだ」
という一行が浮かんだが
捨てた

夢のように

空は夢のやうに流れてゐる
——三好達治

ひとひらの大きな雲が
墜ちる
ゆっくりと
一枚の葉が落ちるように

そのあとは　もう
空の中には何もない
かつてあれほどにいとおしんだものを
思い浮かべるすべもない

＊

野の中に大きな樹がそびえ
その樹の下に一軒の家があって
そこには　たぶんいまごろ
おれを刻むべく刃をといでいる女がいる
それがおれの今夜の宿
いつもそこへ夢のように帰って行く宿だ

夢のような闇の下を
夢のような急ぎ足で
夢のように辿りながら

＊

乾いた砂は美しく崩れる
骨よ
骨よ
と砂が呼ぶ
のがれようとするか
私の熱い抱擁から

ここを出て
日に晒されて
私を忘れて行こうとするか
乾いた骨は美しく横たわる
砂よ
砂よ

と骨が呼ぶ
吹かれて行け
私には無縁のところまで

乾いた夢が私を呑み
私は自分の中へ墜ちて行くだけだ

*

萩が黄色に染まり
細い煙が空を渡った
やがて死ぬけしきも見えて
灰を焚いている

戸口

君は遠くから来たのだから知るよしもあるまいが
このあたりでは戸口はみなこのように低くできているのだ
身をかがめなければ家の中へ入ることもならず
またそこから出ることもできない
所詮戸口などというものは人の出入りのためにあるのではなく
ただその家が　必ずしも他人を拒絶したり
外界から孤立したりするつもりはないことを示すべく
申しわけに取りつけてあるにすぎない
その証拠に　人は最初から戸口を使って出入りする習慣がない

彼らは出入りしない
めいめいが　それぞれの家の中で生まれては
それぞれの家の中で成長し　生活し　やがて年老いたあげく
それぞれの家の中で死んで行くのだ
一生のあいだ一歩も外へ出ずに　と君は言うか
戸外へ出て何になる　何をする
外はただ一望の荒野　あらゆる汚染にさらされた大地
あるいは葦と葦とのあいだから湧くまぼろしの街があるばかりだと
家の中から想像するだけで充分さ　と彼らは言うだろう
むしろ一輪の造花をグラスに挿し
あるいは壁の絵に描《えが》いてみて
それをあり得べき世界の本当の姿だと思いなす方がましではないか
このあたりの家の戸口はそういう冷たいさびしさの中に暮す人々の
せめてもの心尽し
通りすがりの見知らぬ旅人に投げる無意味なほほえみのようなもの

君はただちょっとだけ帽子を持ち上げて過ぎればよい
それが最小限度の返礼　それ以上は不要
無理をして身をかがめ　頭をぶつけたり腰を痛めたり
つまずいて地べたに這いつくばったりしながら
そういう戸口を本気でくぐろうなどとはしない方がよい
家の中で人々はただ黙って茶をすすっているだけなのだから

坐る——福島秀子のデカルコマニー五点に添えて

坐る
坐るべくして
坐るべからざるところに坐る

＊

坐ったままで恋をして
坐ったままで忘れて行く
坐らずあらば愁いあらん

宵はあそび居りて
いくばくもなく蚊柱が立つ

なつかしむほどの話でもない
ただこのままで
この身がどこかへふわりと運ばれる
そんな気がするだけなのだよ
押しやられ　また押しやられて
あやめの咲いていた池のほとり
雲に落ちるおのれの影
聞えぬ羽音に耳を澄ます

さても　かく坐したればこそ
すだれの裾に指もこぼるれ

＊

馬継ぎのいしぶみ濡らすしぐれかな

山なみの向うはきっと一望のオレンジの畑だろう

＊

できることならせめてあの豚の群れに宿ることを許してくれ、と哀願した悪霊の悲しみをときどき思い出す。なぜ彼は、手足に鎖をまきつけたまま、墓地の石と石との間にじっと坐っていることができなかったのか。あのとき立ち上ってわめいたりしたのは、わけもなく人を怯えさせて楽しもうためだったのか。それとも、自分をそうやって追い立て、追いこんで、それでよしとして村々で火のそばに坐っているだろう者たちへの、見さかいのない悪意のためだったのか。あるいはひょっとして、自分がそこにそうしていることを誰にでもいいから顕示したかったのか。

いずれにしてもそうしたばかりに彼はさらに追われ、まだ最後の審判の日でもあるまいにと泣きごとを並べながら、豚の群れへと棲みかを替えた。そして豚の群れはその短い脚で大地を踏み鳴らしながらまっしぐらに丘の斜面を駈け下りて、水に入ってことごとく溺れ死んだ。何のために？　彼を追うさからいがたい正義からのがれるために？　あるいはそうすることでこれ以上二度と追い立てられずに済むようになることを期待して？　だが豚の群れが一匹残らず死んだとき、悪霊は豚とともに大往生をとげ、みごと消滅することができただろうか。

もしかすると、自分を追った男が村を去ったあと、彼はこっそりと水から這い上り、もう一度墓地の石と石との間に身をひそめて、今度こそ二度と人目につかず、また何ものにも取り憑くまいと決心して、音もなく永久に坐りこんだのではなかったろうか。

＊

坐っている人の
肩のあたりを
うしろから見つめていると
その肩から
かすかな波紋が
ゆっくりと宙にひろがり
その人は決して振り返らない

ずっと向う
その人の遥か前方に
何やら煙のようなものが流れて
薄い匂いが伝わって来るが
それはただそれだけのこと

その人は坐っていて
私はその人のうしろに坐っている

＊

地球よ坐れ
私は眠る

見えない街への手紙

どうしてこんな手紙を書こうと思い立ったのか、自分でもよくはわからない。第一、どうすればこれが君に届くだろう。届いたとしても、そしてかりに君がこれを読んでくれたとしても、それでどうなるというのか。君はたぶん、困りきったように街角の建物をちらりと光らせて、そのまま僕に背を向けてしまうだろう。

若かったころは、僕も人なみに旅にあこがれていた。小さな鞄にほんの身のまわりのものだけを詰めて、どこかへ――ここは違うところへ旅に出る。せまい路地の奥に生まれて、軒端の線に切り取られた日ざしだけを眺めて暮していた僕には、それがどんなにか素晴らしいことに思えた。そしてむろん、僕はやがて旅に出た。いままでに、何度も。出てみてわかったのは、自分の荷物がいつも予想よりずっと嵩ばって重いということだった。路地を出て何歩も行かないうちに、僕はたちまち自分の鞄をもてあました。旅の間中そいつを引きずり、コイン・ロッカーや預り所に入れたり出したりし、最後には二倍にもふくれ上ってほとんど動こうともしなくなったやつを背負って、また路地の奥に帰って来るのだった。

そんなにまでして、いったい僕は旅に何を求めていたのか。旅に出ればいろいろなものが見え、いろいろな風が嗅げる。それはたしかだ。行く先にはさまざまな街、そこへ行けばきっと未知の美しいものがあり、居心地のいい片隅があるだろうと、あらかじめ思い描いていた街。なるほどどの街も少しずつは素晴らしかった。中には一生ここで暮してもいいと思わせるような街さえあった。その街を去るときには離れるのが残念でたまらず、またぜひできるだけ早くここへ来ようと思ったりしたものだ。そうやって二度も三度も訪れた街も実際にある。

こんな話はありふれたことで、退屈かも知れないね。でも、もうあと少しだけ我慢して読んでくれないか。一つの街を一度しかたずねなければ、たとえその一度がどんなに長い滞在であっても、そのとき僕の目に見えているものはその街のそのときの姿に過ぎず、その街の本当の肌ざわりや匂いのようなものは、そこを二度三度と、それもできたら長い間をおいて訪れ、いわばその街をその街自体と比較して、そこに一つの、現実の彼方の街を思い描かない限り味わえないものなのではないかということに、このごろになって僕は気づいたのだ。気づいたころには僕も齢をとってしまい、いまさらもうどうしようもないのだが、それは単にむかし自分が行ったことのある街をなつかしむとか、その街のそのときの姿をたまたま体験したむかしの自分を振り返るというのとは違って、もっと別の方角、むしろもう身動きさえおっくうになってしまった自分の、僅かに残された前方に、見えないものを手さぐりするような気分で考えていることなのだ。今年のカルカッタは寒いとか、この秋のジュネーヴには雨が多いとか、そういったむなしいあれこれの情報の向うに浮き上る、見えそうでいて見えない一つの街、この地上に存在する無数の街のどれでもない、もしかしたらこの僕にしか見えないのかも知れない、いや、この僕にもいまだかつて見えたことのない一つの街のたたずまい。その街を、遠くから吹く風のように押し流しているであろう見えない時間。

それをこうして僕がかろうじて思い浮かべていることだけでもせめて伝えたくて、僕は君にこの手紙を書いたのだ、見えない街よ。

詩集　夜の音　(1988)

夜の音

今宵　わが庭に訪れて来る
死んでしまった子供たち
ついぞ顔さえ見たことのない
だが忘れられない生きものたち
そのあとをそっとついて来る
同じく死んだ母親たち
父親はどこにいるのか
植え込みくろぐろと静まり返り
猫の目も光らないほどの深い穴

――おぼえていてくれますか　私たちの
ちっぽけな足音が　部屋から部屋へ
いつまでもめぐっていた日のことを
とんとんとん
とんとんとん
何か大きなものを追いかける
ないものをさがす
柔らかいものの匂いをかぐ
ただそのために私たちは生まれたのです
そして　ひとたび生まれてしまえば
二度といなくなることなどできません
ええ　思い出してくれなくてもいいけれど
頭巾のかげで声を立てない影たちを

あなたの窓の下にうずくまらせて下さい
誰の邪魔にもならないように
ここでそっと今夜の祝会をあげて
明日はまた明日の庭に群れるのですから

祈り

暗い門口に立ち
呼鈴を押して待つ間に
つぶやく祈り

──海に棄てた子らよ
大きくおなり

てのひらは裂け
靴は破れて

おまえたちに焚く香も
いまは尽きたが
一つのこだわりが
なお鉦を鳴らすらしい

大きくおなり　子らよ
こうして待つしかないのか
遠い背後から
声もなく寄せて来る
おまえたちのまなざしの
飛沫ばかりを浴びながら……

門口に
遅ればせのあかりがともり
ようやく一歩を踏み入れたとき

冷たいざわめきのようなものが
背後をひとあし違いで通りすぎる

悪意

沈黙に向かうひそかな悪意が
夜ふけの窓の下を駈けぬける
出来のよくない飼犬のように
私の耳だけがそいつを見送る
それはひたすら遠ざかって行き　ほどもなく
私の半径から離脱するだろう
唸り声一つ立てず　身も起さないいまま
眠りの中で物音は常に遠のく
そうだ　雨季が来たのだ　あの果てしない雨季が

火打ち石は役立たず
粗朶は濡れ　壁は汗ばみ　敷居は水に浸かり
ぬかるみには蝸牛も這わなくなり
触れるそばから紙が破れる
軒端という軒端が涎を垂らす
そんな具合に長々と糸を引いて
かたくなに
私の湿った血管の中の足音が遠ざかる

予言者たちの冬

なつかしい井戸は涸れた
祭が終れば冬が来る
誰もいなくても地球はまわる
だから夜を待たなければならぬ
ますます縮んで行く部屋の中で
鉛筆の削り屑を火にくべながら
寒さに背を押されて
いくつもの境を越さねばならぬ
いのちなりけり小夜の中山

けちけちと文字を刻めば
枯れ枯れの枝が空に浮いて
雲がゆっくりとしぼむだろう
羽ばたかない影が滑るだろう
あかしようとせぬ者たちの　これが慰め
明日はまた明日の市《いち》が開かれ
見たこともない巨大な魚が入荷する
その魚の　食いしばった顎《あぎと》の前に佇んで
目をつぶったまま数えればいい
記憶の井戸にしたたるしずくの数を

三つの影

第一の影が語る
――大地は　熟れすぎた一個のくだもののように
おもむろに腐って行くばかりではあるまいか
闇の中に墓を掘り当てるどころか
この身をどこに埋没させたらよいかさえ
おれたちにはもう見当がつかない
立っているのがおぼつかないほど　足の下が絶えず醗酵して
とめどなくささやき続けているが
まもなく液体のようなものがあたりを覆い

波打ったり泡立ったりして終るのかも知れぬ

第二の影が語る
――大地は　一個の熟れすぎたくだもののように
おもむろに腐って行くばかりではあるまいか
闇の中に墓を掘り当てるどころか
この身をどこに埋没させたらよいかさえ
おれたちにはもう見当がつかない
立っているのがおぼつかないほど　足の下が絶えず醱酵して
とめどなくささやき続けているが
まもなく液体のようなものがあたりを覆い
波打ったり泡立ったりして終るのかも知れぬ

第三の影が語る
――大地は　一個のくだものの熟れすぎたように

おもむろに腐って行くばかりではあるまいか
闇の中に墓を掘り当てるどころか
この身をどこに埋没させたらよいかさえ
おれたちにはもう見当がつかない
立っているのがおぼつかないほど　足の下が絶えず醗酵して
とめどなくささやき続けているが
まもなく液体のようなものがあたりを覆い
波打ったり泡立ったりして終るのかも知れぬ

ふたたび第一の影が語る
――じゃ　今夜はこのへんで

歌

これは
ひとのための言葉
ひとの歌
一羽の鳥の
羽ばたきの歌
餅菓子の肌をした
沙漠の歌
ちぎれた紙旗の歌
恋の歌

旗にとり憑く
悪霊の歌
凍る夜の納戸の歌
梁の声
扉の裏にひそむまなこの歌
静かに沈みこむ壁の歌
傾いた地面の歌　泥の歌
乾いた軒に響く
笑いの歌
満たされずにとだえた
合言葉の歌
通夜の歌　またはほろびの歌
よみがえる餓鬼の歌
猿と馬との掛け合いの歌
はがされた護符の歌

愛し合う者たちの
罵りの歌
ころばぬ先の杖の歌
みなごろしの歌
底なしの井戸からこみ上げて
月へ飛ぶ吐息の歌

それも終り　これも尽き
狐火の宴も果てて
いまさら聴くまでもない
カーテンの歌

狼

私の狼よ　夜ふけ
私の乾き切った机の上に
かすかな　ほんのかすかな
息を吹きかけて来るのはおまえか
私の目の中に闇をひろげ
その闇に　どこまでも手の届かない
奥行きを与えるのはおまえか
私の狼よ　うずくまる者よ
恐るべき回転の記憶だけを残して

火！　手の届かない火！
河原の
枯れ葦の
その果てを流れて行く冷気のような

さもあらばあれ　夜ふけ
おまえの開いた闇の通路を覗くと
その底から
かすかな　ほんのかすかな
さざめきの声がときに聞える
それが　私の狼よ　おまえの
たった一つの贈り物ならば
嘲り？　それとも慰め？
もう二度と
閉じようのない

息切れの　最後の息を
形づくる咽喉《のど》の闇に
かって銀色だった筈の
おまえの毛並みをそよがせよ
私の狼！

アダージオ

ひとむらの草の下に仰向いている
ひからびた虫のむくろをも
一面の銀の光に埋めるほどの
巨大な月の出る夜は来るだろうか
西を見れば西の山
東へ行けば東の沢
そのさしわたしいっぱいの空を
ふさいでしまうほどに間近な月が

そのとき耳に満ちるのは
泡立つつぶやきだろうか　底鳴りだろうか
それとも潮《うしお》のようにこみ上げて来る
さからいがたいラの音だろうか
いや　私の前を行く者たちの白い背中が
しきりと人を誘う　その招きだろうか

地の涯の楼閣　砂の中の蝎
風吹かず　水流れず　影落ちず
ひとり巨大な月が天を占めて
寒さがつのる
――そんな夜が来ることはあるだろうか
明日は塵と崩れるむくろが
いまはまだ歯を見せて眠る夜
あやうい夜が

寝息

誰もいない部屋の中で
寝息がする
ゆるやかに
規則正しく
眠りのもたらすあらゆる平安をこめて
寝息がする

薄闇に包まれた
うつろな部屋だ

畳もうつろ
砂壁もうつろ
襖もうつろだ
蒲団一つなく
人の立ち去った跡さえない
それでもこの部屋には寝息がする

誰がどこで眠っているのか
誰も知らない
人のかくれる場所はない
ただ　ずっと前から
この部屋には誰かが　もしくは何かが眠っていて
そのことだけは誰でも知っている

時を刻む音もせず

隙間風も来ない
閉ざされたうつろな部屋に　うつろなほど
静かな呼吸だけがある
まるで　部屋を包む薄闇そのものが
ゆったりと息づいてでもいるかのような

私にはその部屋が見え
私にはその寝息が聞える
満ち引きの波動に自分の呼吸を合わせ
夜のあけるまでじっとしていることだってできる

そして　そうやって見ている私
寝息を聞き　寝息をともにしている私が
いったい誰なのかは誰も知らない

焼串

時よとどまれ　という言葉も
時とともに流れて行く
満潮時の河口あたりの川面に浮かぶ芥のように
ひとところにじっとしているように見えながら
いつの間にか少しづつ漂って
確実に遠ざかり
やがて視界から姿を消す
そのとき　一本の焼串のように

おれの頭から足の先までを貫いて
ゆっくりとおれを回転させている軸が
金属の軋みを立ててやおら傾く

つまりはあぶられる角度がいささか変るというわけさ

焔は見えず　燠もなく
しかし軋みは闇にこだまして闇を深め
その闇にこもる熱さがじりじりとおれをあぶる
目をあけていてもつぶっていても同じことではないか

時はとまらない　回転は続く
河口はひろびろ　闇はふかぶか
おれはゆるやかにあぶられて行き
夜はまだまだ明けないだろう

おれがこうして　やがておれの視界から姿を消し
とめどない熱さと痛みのひろがりの中へ失われるまでの
長い　――そう
気の遠くなるほどに長い闇の持続の間

詩集 カドミウム・グリーン （1992）

Ⅰ　カドミウム・グリーン

カドミウム・グリーン

ここに一刷毛の緑を置く　カドミウム・グリーン
ありふれた草むらの色であってはならぬ
ホザンナ
ホザンナ
と　わめきながら行進する仮面たちの奔流をよけて
おれがあやうく身をひそめる衝立だ
さもなければ
木っ葉のようにそこに打ち上げられるためのプラットフォームだ
いや　彼らの中に立ちまじる骸骨の　かぶる帽子のリボンの色か

ともかくもここに緑を置く　カドミウム・グリーン
これでいい　これでこの絵も救われる
おれもようやく仮面をかぶることができる
白く塗りたくった壁に
真赤な裂け目をあけて笑うこともできる

秋も終るか　街路にいると秋はわからない
どうしても上へあがろうとしない日ざしでそれと知るだけだ
こおろぎももう鳴かない
かつてあの広場で　憂鬱な歩哨のように
おれの通過を許してくれたこおろぎだが
広場の先はつめくさのともるバリケードだった
仮面をつけていなければ入れてもらえなかった
その中で　おれたちはみなごろしになるのをじっと待っていたが
装甲車は街角からひょいと顔を覗かせ

暫く睨んでから黙って引き返して行った
あの装甲車も緑色だったな
カドミウム・グリーンではなかった筈だが
おれの記憶の中ではやっぱりあいつもカドミウム・グリーンだ

カドミウム・グリーン　死と復活の色
舗道にぼんやり突っ立っているおれの前へ
戸口から若い女が一人　ひょいと出て来る
若い　いや幼いと言うべきか　乾いた素早いまなざしで
ちらりとおれを見やってから
右の方へ　もうとっくに心を決めてしまった足を向けて
一ブロック先にきらめいているデパートの方へとそれて行く
だがあのデパートのうしろは煤ぼけた運河で
岸辺には赤煉瓦の泌尿器科の病院がある
夏にはその塀ごしにひまわりが咲き

その先には何もない石畳がある
彼女のコートもカドミウム・グリーンだ
運河の黒い水にはよく似合うだろう

一刷毛の緑　カドミウム・グリーン
ありふれた草むらの色であってはならぬ
軍楽隊が行き　踊り子の群れが過ぎ
敷石を踏み鳴らして次々と山車《だし》がやって来る
赤と黄と白とが舞う
ホザンナ
ホザンナ
火の粉が舞う
誰がこの街へ死にに来るのか
道に敷くべき木の枝もなし
シルクハットの男たちを掻きわけるすべもない

実はね　この山車だってみんな装甲車さ
おれの絵は　いつになったら仕上がることやら
仕上がっても見る人のありやなしや
それまで行進が途切れずに続くかどうか
ホザンナ
ホザンナ
カドミウム・グリーン
おれの仮面はまもなく落ちる

待避命令

奇妙に渇いた二月から奇妙に濡れそぼる三月へ
私たちは手さぐりで歩く　もう何も見えないから
生あたたかい風が額のあたりに触れるのを頼りに
その風の来る方角へせめて唇だけでも差し出そうとする
このあたりでは何が破壊されているのか　けたたましい
待避命令のサイレンを誰が誰に鳴らすのか
風に乗ってひりひりする粉末のようなものが
むきだしの顔を襲うが　なに　黙っててのひらで拭えばいい
こんなことは昔からあったさ　私たちの生まれるずっと前から

失われ続けた無数の卵　この生あたたかい風　待避命令！

ちまたの歌

一つの戸口に一人ずつ人が立って
行き過ぎる者たちを見守っている
日がかげり　薄闇の街路が冷えて
彼らの背後の扉ばかりがつややかだ
大きな図体を傾けてバスがのろのろと揺れ
けたたましいオートバイがそれを追い越す
歩行者たちが一様に首をすくめる
そんな雑踏を眺めて何になるのか知らないが
造り付けのように身動きせずに

彼らはそこにそうしている
私の背中にも彼らの視線が一瞬貼り付き
そのあとすぐに冷たい無関心が来る
そうさ　どうせ私は通り過ぎる者
彼らは佇む者
彼らを押しのけて扉をあける人はいない
安んぜよ　用済みの街路の用済みの建物
用済みのスフィンクスたち
呼んだって振り向いてなどやるものか
冷え冷えと空はなおも明るく
爪をはじく音だけが壁にこだまする

砦

とうの昔に消滅した砦の跡に沿って、私たちはぬかるみの街を歩く。夜が冴え、街筋は賑やかだ。店という店が煌々と灯をともし、それがかえって舗道をいっそう暗く感じさせ、行き交う人々を影絵に見せる。それらの影たちが、てんでの方角へ、滑るような早足で交錯する。店からは仰々しい音楽や呼び声が盛んに洩れて来るが、誰ひとりそれに耳を貸す様子はなく、ひたすら自分の道を急いでいる。こんな落ち着かない街路にいたのでは、誰もが無言ですたすたと足を進めるほかはあるまい。だから私たちもそれにならった。

かつてこのあたりには、たしかに砦の壁があった。積み上げた石材の間に無数の穴をあけ、その穴に蛇や蝎を巣喰わせ、ときには薔薇を咲かせたりしながら、砦は永い風雪に耐えた。何を、何に対して防衛するために築かれたかは知らない。どうせ古い砦などというものは、ただそこにあるためにそこにあるのだ。その中に死を覚悟した兵士たちが息をひそめて立て籠ったこともあったろうが、隊商はそれを横目に見て黙って通り過ぎた。お互い、かかわり合わないほうが都合がよかったのだ。そうやって、いくつものともしびがついたり消えたりし、市《いち》が栄えたりすたれたりするうちに、いつとはなしに砦はただの石くれの山となり、やがては摩滅するかのように消え失せた。実際は摩滅したわけではあるまい。無用になった石材が少しずつ持ち去られて、ほかの何かを建てるのに使われてしまったのだ。

ぬかるみは私たちの靴に冷たく、吐く息が夜目に白い。明日は霙でも降るのかも知れぬ。この賑わう街で私たちには売るべき何もなく、買うべき何もない。たしか砦の跡というのはこのあたりだった筈だが、と、影のように行き交う人々を見やりながら、自信なげに呟いてみるだけだ。その推測が見当違いであろうとなかろうと、そんなことは本当はどうでもいい。とうの昔に無用の長物と化した砦の位置を、いまさら尋ね当ててみてもどうなるものか。ほんのささやかな好奇心の充足、ただそれだけのことではないか。私たちは問題の砦以上に、この街には無用の存在なのだ。

砦が失われるとともに、たぶん、何かが音もなくここを去った。それをとりあえず、沈黙の女神とでも呼んでおこう。どこへ行ったかは誰も知らない。その女神の御利益がどんなものだったのかも不明のままだ。ただ私たちは、自分たちがもしかしたらかつてその女神を崇めた民の遠い末裔だということにでもなるのではないかと、頭の中のどこかで感じていて、だからこそ酔狂にも、こんな冷たいぬかるみの舗道をさまよっているのだが、それは砦の跡をわがものとして確認するためではなく、御利益の知れない女神をふたたび崇めようためでもない。私たちがとうの昔に決定的に失ってしまったと思われる一つの恩寵、それが恩寵であるがゆえに私たちの側からはその内容もそれの喪失の重みもうかがい知れない恩寵の記憶を、せめて、いまはない砦の、触れるべくもない石の肌のざらつきや冷たさを思い浮べることで、沙漠に照る月のように虚空に浮き上がらせようとしてみているだけだ。ただそれだけだ。

野鼠

この広い野のどこかに　たぶんいまも
一匹の鼠が棲んでいて
きっと私をおぼえているだろう
これほどの広さだからには　そこに棲む
鼠の数も多かろうが
その一匹は　私を知っているという一点だけが
ほかの仲間とはいささか違う
と言って私とそいつの間に何があったのでもない
とある日暮れ　草むらをへだてて

ひとしきり目を合わせて互いに立ちすくんだ
それだけのこと
一呼吸あって彼はそそくさと立ち去り
私も自分の棲む世界へと引き返した
あれからもう何年になるか
いまでも彼をよくおぼえている
夕焼けが薄れかかる下の
茂みの蔭の暗がり
そこに小さく光っていた一対の目
せわしくうごめいていた鼻先
髭
ちっぽけな耳
おれはこんなことであいつを愛したというわけか
と　ときどき考える
どうしてまたあんな生き物をおぼえたのか

すぐに忘れることだってできたのに
おぼえたって何にもならないのに
こんな具合に次から次へと
見たものを片っ端から登録した日には
記憶容量がいくらあっても足りないぞ
それにあいつは　ことによったら
とっくに死んでしまっていないとも限らない
鳶や梟の爪にかかったか　それとも
悪いものを食べて野垂れ死にした可能性もある
私のいないところで彼が何をしているか
どこの物蔭にかくれ　どんな草の根をかじり
不意を打たれたらどんな悲鳴をあげているか
わかったものじゃない
彼もまた私の何を知っていよう
どこに暮らし　何を飲み　誰を嘆き

合間にはどんな情ない恰好をしているか
想像もつくまいよ
でもとにかく私たちは一瞬見つめ合い
それから目をそらし合った
草むらが揺れもしなかったのに
彼の姿はもうなかった
私のおぼえているのはそれだけだが
また出逢ったとして彼とわかるだろうか
彼の方でも私の見分けがつくだろうか
もっともあいつにはおれの及びもつかない嗅覚というものがあるからな
それであるいは思い出してくれるかも知れないさ
見当をつけたり　なつかしんだり
足音も聞かないうちから嫌って道をよけたり
それもまあ　おぼえているうちには入るだろう
そして何かこう　声には出さないまでも

奇妙な感情が頭の中にひとふしの
旋律のように浮かんで流れることだってあるかも知れない
たとえばおれが

七草なずな
唐土の鳥が
日本の国に
渡らぬ先に
七草たたく
すととん　とんよ
という唄を時おりわけもなく思い浮かべるように
これはむかし祖母が歌って聞かせてくれた唄
私には何のことやらわからない唄だったが
考えてみればおれも幼かったわけだな
幼くて　無防備で　小さかったことといったら
ちょうどあの野鼠と同じくらいか

それよりいくらも大きくはなかったろう
祖母もまた無防備で小さかった
いつも自分の部屋の暗がりの中にいた
だからあの唄をおれはおぼえたのさ
野の中で出逢った一匹の鼠をおぼえたように

暦

一月
空いちめんに枯れた枝がひろがり
二月
まだ見たこともないものが訪れる
三月
私たちは初めて上着をぬぎ
四月
芽の先がゆるやかに匂いへと開くのを見る
五月

雨は無言のままに垂れ
六月
皮膚のただれた部分が黴びてやまない
七月
忘れていた日々をかすかに思い浮かべ
八月
セイタカアワダチソウよりももっと高く
九月
雲が湧くのを眺めるのにも飽きたところへ
十月
なめらかな音楽ばかりが路上を滑り
十一月
たたかいはいつ終る気配もないが
十二月
私たちは死に絶える　生き残るこの世をみとりながら

吸殻

グラナダの下町の、とある広場に迷いこんで食べた、チューロス・コン・チョコラーテはうまかった。だがいま私の言いたいのは、このイスパニアの庶民的なおやつのことではない。揚げたてのチューロスは指でつまんで食べるから、油と砂糖にまみれた指先と口元を拭くのに紙ナプキンが要る。それがテーブルにもカウンターにも大量に用意してあって、使っては床に捨てる。だから店の床はいちめんの紙ナプキンで埋まり、人はそれを落ち葉のように踏みわけて出入りしなければならない。散り敷いた紙ナプキンの層の厚さでその店の繁盛ぶりがわかるのだ。

そんなふうにおおらかに、あたりに物を投げ捨てることの心地よさ。カフェのテラスで煙草を喫《の》んで、吸殻は足元に捨てる。歩きながらふかしては道に投げる。それが若き日の誇らかな常識だったではないか。地球は大きな灰皿で、人生到るところどこへ何を捨ててもよかった。ああ、あの幸福はいまどこへ行ったろう。私の最愛の、とばかり信じていた者たちが、いまは私の投げる吸殻や紙屑のひとつひとつに私を責める。かつては部屋の各所にうずたかく盛り上げた吸殻こそが、机の周囲に足の踏み場もなく散らした書き損じの反故紙と同じく、わが精神の旺盛ぶりを如実に証拠立てていたのに、いまはそれが、恥ずべき習慣をもったけがらわしい生きものの、排泄物の飛沫でしかないというのだ。

ある転生のための下書き

人はあるいは言うかも知れない　かつておまえは一羽の鳥であったと
もっと正確には　一羽の濡れそぼるみじめな鳥にすぎなかったと
そう言われたからといって　それが何ほどの
意味をもつのか　前世には野性の馬だったと
自分から公言している聖職者もあるし
みみずのようなものでしかなかったのではないかと
ひそかに自問している娘さえいるのだ
嘴のつけ根から血を流し　その嘴を少し開いたまま
うっすらと笑った表情で横たわって

おまえがある朝どこかの窓の下で脚を縮めて死に
間もなく野良猫かほかの鳥かの餌食になったとしても
それはまったく取るに足りないこと
地の上にほんのわずかの　文字通り吹けば飛ぶような
羽毛を散らばしただけの話で
その程度の輪廻ならば誰にでもあった筈
道を行くおまえが　ふとどこかに
ほんのりとした花の香りのようなもの
あるいは何かの汚物の匂いのようなものの
気配を感じて　だが見わたしても
花も汚物もない　そういうささやかな経験に似たことでしかないのだよ

ずぶ濡れになるのは誰だってみじめさ
一刻も早く暖炉のほとりにでもたどり着き
着ているものを全部脱いで　タオルを借りて

髪の毛から足の指まで一点の水気も残さずに拭き上げたいが
どう拭いてみてもまだどこかに湿りがこびりついていそうな
そういう予感が最初からする
その予感が　しかし実は何かの記憶からもたらされるものだったと
おまえは知っている筈だ　言いたいのはそれだよ
だからおまえがかつて一羽の鳥
どしゃ降りの中で死んだみじめな鳥だったとしても
別に不思議はないんじゃないのかな
ありふれたこと　どこにでもあること
とりたてて騒いだり　恨んだり
宿命論を振りまわしたりするには当るまい　むしろおまえが
誰かに言ってやればいい　かつてあなたは　と
それでおまえの気が済むのなら

けれども　もしかして　おまえがかつて一度でも

どんなちっぽけな　群れ集う中のほんの一羽にすぎないにせよ
鳥であったことをうべなうなら
それと同時に思い出すかも知れないな　何か途方もなく大きな
岩か氷の崖のようなものが空にそそり立っていた気がする　と
そのあたりはたぶん冷たい気流が烈しいらしく
おまえの翼では近づくことすら考えられなかったが
そういうものがたしかにどこかにあったようだ　と
そういうものを遠く眺めながら　群れと一緒に日溜りで
餌をついばんでいたことがたしかにあったようだ　と
餌といってもほんのつつましい草の実
それとも何か地面から這い出そうとするもの　それらを
食べられそうだと見ればすべてつついてみて
呑みこんで　すぐに次をさがす
それがおまえのその場その場の幸福にほかならなかったという思いが
なつかしさとともにでもなく　悲しみとともにでもなく

ただかすかな味噌汁の匂いのように記憶の片隅から漂い出す
そんなことがもしかしたらあるかも知れない
あったとすればそれはそれでいいではないか　それがおまえに
いま何をつけ加えるわけでもないのだから
何かの証拠として　こと改めて
採用しなければならないものでもないのだから

垂れ流しの歌

垂れ流しの歌を歌おうか
どうせどこでも一事が万事垂れ流し
日々に新たな泣き言が垂れ流される
垂れ流したものは汗のごとし
よだれのごとし血のごとし
生んでしまった子のごとし
一度出したら二度と元へは戻せない
それが掟だ
笑って済むなら世にもめでたい話だが

笑いもまた　口の端から
とめどなく垂れ流されては乾いて行く

垂れ流しの歌を歌おうか
誰かが言った（誰だっけ）
政治を軽蔑する者は軽蔑すべき政治しか持てない　と
ならば　詩を軽《かろ》んずる手合いには
軽んずべき詩しか手に入らないのも道理
責めを負う義理などあるものか
口笛を吹きながら人をあやめて
抵抗しない者たちをみなごろしにして
そのくせ　丸く収まる夢ばかり見る
吠えない犬には餌をやるな
吠える犬なら刺し殺せ

垂れ流しの歌を歌おうか
どこまで続くぬかるみぞ
けむい筈だよ生木がいぶる
おれの通ったあとには果して草が生えるかな
それともしずくが点々と垂れているかな
何のしずくか　汗かあぶらか
または血膿か
せめてまっすぐ続いてくれればいいのだが
そいつがまた　同じ木蔭でぐるぐると
輪をかいているだけだとしたらどうだ
垂れ流しの歌といえばまずそんなところさ

垂れ流しの歌を歌ってみたが
もっと歌えと言われても　もうくたびれた
歌って埒《らち》のあく目でもなし

舟が出るよ　舟が出るよと
呼ぶ声がどこかで聞こえる
あれに遅れると　明日の朝まで
河原で一夜を明かさなければならないぞ
河原には　よしきり　ひきがえる
水もひたひたと差して来るぞ
後ジテどもも残らず出るぞ
だからもう行こう　膝から骨が突き出ないうちに

時の終り

雨のようだね　と　一人が言い
雨のようだ　と　もう一人が答える
そのまま　二人とも　息をひそめて
部屋を包む気配に耳を澄ませた

はげしい何かが押し寄せたわけではない
室内の空気が僅かに重くなる　それだけだった
かすかな湿気が　いくらかの冷たさとともに
閉じたカーテンのあたりから匂い立った

物音とも呼べぬほどの気配が外を囲んだ
さっきまでしきりと宙を舞っていたもの
たとえば胞子や虫や小鳥のようなものが　ことごとく
死に絶えてひたすら地に降り積もる気配だった

部屋の中にはほんの小さな火があった
何をも照らさず　何をも暖めず
埋もれ火のようにそれ自体を維持しているだけの火
二人は身動きせずにそれを見守っていた

まだ続くようだね　と一人が言い
まだ続くようだ　と　もう一人が答える
そうやって長い時間が過ぎ　二人は動かなかった
動こうにも動くすべを忘れてしまっていた

そしてすべてが　遥か遠い昔の出来事となって行った

アンモナイト

I

野が　どれほどに尖塔をそびえ立たせようと
この荒れた台地がおまえの場所
ここでならおまえも安らぐだろう
藪が茂り　つるくさがはびこり
岩かげの冷たい土に蛇がうねる
遠く　乾草を積んだ車が　川の浅瀬を
のんびり渡りかかろうと
鷺鳥たちがわめき立てようと
ここにあるのは　ただ　古い土塁の

置かれていた場所を示す影ばかりだ
野はいちめんの緑　町の屋根屋根は陽に映える
誰もが片頬に笑みを浮かべて
街路を賑わせているだろう
美しいものが次々と売られ　買われるだろう
人の口の形をした泉に　たっぷりと唾液が溢れ
人々は身をかがめてそれを飲み
手の甲で口を拭いては　まぶしげに空を見上げるだろう
その空には　たぶん　飛行機雲があざやかだろう

II

おまえは石を積む　ずっと昔に
ここにいた人々がそうしたように

石とは　本来　おまえも知るように
積み上げたら黙って立ち去るべきもの
北の　硫黄の湧く湖の岸でもそうだったし
遠い西の果ての草地でもそうだった
何のためにそんな石をそこに置いたか
いつ誰がその石につまづくのか
あるいは　誰が　その石の間に身をひそめて
血にまみれた手を満足げに洗うのか

ここにいた人々はとうに姿を消し
彼らの嘆きの声も　もう聞くすべがない
まつろわぬ者どもは殺せとばかり
野に轟いたろう雷鳴には
裂かれた母親たちの悲鳴が答える
そして石は　なだらかな斜面に黙って並び

秋にはその上に黄色い葉が影を落し
鳥が木の実のまじった糞を落すだろう

Ⅲ

野道をオートバイが走り抜け
町の屋根屋根が陽を映す
ここで眠るんだね　アンモナイトのように

藪では虫の羽音が途切れないが
途切れないままにそれもやがては消えて
陽ざしの中に一つの眼が残るだろう
それがおまえをじっと見つめる

すべては無言のうちに行われた

土塁に道の尽きるところ
足跡はそこで途絶える

Ⅳ

何ひとつ壊されなかった　何ひとつ
形や場所を変えたものはなかった
薄靄の中で川面はなおもきらめこうとし
起重機はなおも腕を伸ばそうとし
煙はなおも立ち昇ろうとする
生き残った人々は家路に向かい
いつもの椅子に落ち着いて肩の力を抜くだろう
そしてじきに　ここで何があったかを忘れて
野に雨の降りしきる日を待つだろう
昔ここにいた人々もそうしたのだ

土塁のかげに　石を積みながら
その石が自分のあとに残ることを夢みたのだ
まつろわぬ者どもは踏みにじればいい
彼らの血は雨に洗われればいい
壺をかかえた女たちが目を見開いているではないか
傍受された無線の　途切れ途切れのメッセージに似て

二　Ut pictura poesis

マドレーヌ

これもあれも棄てるべきかと
いま椅子を
ずり落ちながら
おまえはなおも身じろぎせずにいるだろう
いまの私からは遠いところ
旅人たちの足音がどよめく街の片隅で

少しずつ肩が沈み
首もたわんで

おまえはやがて床に埋もれる
私が声をかけようもないほどに切り離された
誰も来る筈のない部屋の中で
いっそこのまま消えてしまうのがおまえの望み
ずっと昔やはりそう言った娘がいたっけ

そう言った娘たちもいまは齢をとった
けれども誰ひとり消えてはいない
相も変らぬ渦を巻いて
いたるところに吹き溜りを作って歩き
歌うやつ　罵るやつ　アイスクリームを舐めるやつ
そしてすべてを覆う巨大な因果

それでもあの街には今日も日が照り
おまえはいまも沈み続けているだろう

おまえの投げ出したほんの僅かのものだけが床に光って
どこかで男たちが呼ぶだろう　マドレーヌ
マドレーヌ　出ておいでよ　と
おまえの絶望の深さも知らずに

（ローマ・ドリア＝パンフィリ美術館）

黒衣の人

誰が覗いても
同じただひとりの人影しか
返してよこさない姿見があるとしたら

その影が
髪飾りと肩掛け以外は黒をまとって
かろうじてその黒さに身を支え
寒そうに黙って立っているだけだとしたら

そういう姿見が　いつからか
どこやら古い廊下の遠いはずれに
置き忘れたように立ててあるとしたら

鳩の飛ぶ里を捨ててそんなところへ
挨拶に行くほかはないのだろうか
蒼白な細い顔立ちが
やがては閉じる大きな目の無関心を
静かにこちらへ向ける　たったそれだけの出逢いのために

鏡の中にこもることは
生きながらすでに死ぬこと
覗く者があるたびに出現すべき
亡霊のつとめさえ忘れてたたずむこと

そして鏡の中の暗さにも慣れ　本当は
見た人に何を見たかをすぐ忘れさせてしまうこと

（パリ・ルーヴル美術館）

蛇への恋唄

蛇はどこにいる　どこかそのあたりにいる
けれども僕にとっての蛇は
君の中にいるんだ　薄紅いろの
君の可愛い鼻の頭に
一瞬　舌がひらめいて消えるじゃないか

同じ型から造られた　たくさんの君の姉妹は
いくつもの国に散らばったというが
その中の誰よりも君はみごとだ

なぜって　君がいちばんしなやかに樹かげに佇み
まがまがしいほほえみに満ちているから

すぐそこの川面には日暮れの蝙蝠《こうもり》が舞い
古ぼけた橋の上にはひきもきらず人が行き交い

遥か北の　山の向うの
麦と葡萄の畑の中では
君よりもずっと昔のもうひとりの君が
灰色の石に寝そべり　蛇の姿をまねていたっけ
大きな眼をして　頬杖をついて
底知れぬ黒い思いにふけっていたっけ

照れ隠しに　頭でも掻くしかないか
どうやって見ても間抜けな僕が

君の贈り物を結局は受け取る前に

（フィレンツェ・ウフィツィ美術館）

窓べのクリオ

言われた通りに装《よそお》って
言われた通りに窓べに立つ
窓は金いろ　傾いた光が
壁に古風な地図を浮かせて
冷えた気配の沁み込んで来る室内に
ひっそりと絵筆が軋る

重い大きな書物を抱えていれば
人は誰でもクリオになれる
だが　眼を伏せたおまえの顔に素直に浮かぶほほえみは

おまえの不在をあらわにする
何も思わず　何も問わずに
ありもしないおまえはやさしく青をまとい
ありもしないおまえをやさしく人は描《えが》く

ありもしない　だがそれならばあれは何だったのか
物言いたげな　だが何も言わない瞳をこちらへ向けて
振り返り　振り返り　闇の中に薄れて行ったあの顔は
髪に巻きつけていたあの布は　耳の真珠は
何もかもがそうやって　ありもしないものとなり
ありもしないものをしか人は描けない

部屋は冷え　窓の外では壁が黄色く染まっていよう
いつかおまえのほほえみの思い出も消え
その壁の黄色のために死ぬ者もあるいは出よう

そんな日が来たとしても　なお語られずに残っていよう
この部屋のいまの静けさと　そして
無言のまま傾いていた金いろの光とは

（ウィーン・美術史美術館）

マドレーヌ　ふたたび

まだ暫くは油も尽きないだろう　夜が静かなら
ともしびはただひとつあればそれで充分
遥か遠くのまなこに映る光の点のように
小さな焔がここだけをあたためていて
おまえは眠らない　眠れないままに

柔らかい肉と長い髪の中におまえはいて
あんなに泣いたのももはや昔になった
あのとき裾に触れることも許されなかったのは

罪のためか　それとももっと大きな警告だったか
それもこれもいまは闇に沈んで
油の燃える音だけが時を刻む

すべてはほんの短い間の出来事だった
思い返す夜の方がどれほど長いことか
丘を下る道の石くれを黙って受け入れる　それ以上の
何をすればよかったのか　いまもおまえは知らない
こうやって何が洗われるのか
何をこのあと悔いればいいのか
それを教えてくれる人はもうどこにもいない

油はまだ尽きない　でもいつかはそれも尽きる
やがておまえの髪がおまえの身を包むだろうように
私も私の歳月にくるまれる

膝の上のおまえの手の中にある褐色の
それだけが私のもの　ほかに何があろう
目をつむることさえできずに歩いて行く者にとって

（パリ・ルーヴル美術館）

三人天使

大きな河のほとりに生まれた三人の天使
軽やかにさえずりながら
空を飛ぶ
空はいちめんの金泥　雲ひとつなく
あどけない　お揃いの緑の服が浮き上がる
そう　振り返り
誘い合い

呼びかわし合い
ほんの小さな額縁の中の
無限の空を転げて行く

もしかして　どこかの祭壇の
暗い片隅のいろどりだったか
それとも遠い河下の町で　ずっとむかし
むごたらしく殺されたという少女たちが
いまわに夢みたまぼろしだったか

そんな話ばかりをいつまでも
語り伝えて
伝えることで気が済んで
地にくろぐろとひろがる森の
たった一羽の梟のことも忘れていたが

さてもいま　軽やかにたわむれながら
三人の天使はさえずり　空を飛び
空は金泥
いちめんの金泥

（バーゼル・市立美術館）

めぐりの歌

（1999）

1　百年の帳尻

はああれは先頃なくなりました。
――小泉八雲

大きなひとつのめぐりの輪が　あと僅かで閉じようとするときに
（どこの暦の年だったか
それとも百年の収支の帳尻だったか）
ひとり　またひとりと　立ち去って行く人々がいる
なすすべもなく目で追っていると
君　気落ちしてはいけないよ　したからって
事態が変るわけではないのだからね
そう諭しながら　彼らに続いて腰を浮かす人もいる
今日はこれで失礼します　さぞお疲れでしょう

またいつかお目にかかります
そう　またいつか私たちは逢えるだろう
ただしこんなに賑やかでない　もっとお互いに口数の少ない場所で

寒い日　寒い夕暮れ
このちっぽけなバルコニーからも
ここではないどこか遠くの街
やっと聖人の名を取り戻した街　あるいは白き街
それとも永久に漂流を続ける街に
薄墨の空から雪の降りこめる景色が浮かぶ
音のない音楽のような
その想いをせめてもの慰めとするか
小さな甕を買おう　三銭か四銭くらいの
そして風呂にでも入るように
その中に身をひたすことができたらいい

ゆったりと手足を伸ばして　あたたまって
湯気の中でうつらうつらできたらいい
そうやって長い時がたち　いくつものめぐりが過ぎて
音楽がなおも終らずにいてくれたらいい

物語には終りがない　むかし喜んで聴きいった幼い女の子たちも
やがては大きくなり　別な歌にうつつをぬかし
私の声などは忘れるだろう
私の方は彼女らのひとつひとつのしぐさをいまも思い出し
そのたびに　ついうっかりとほほえむのだが
人にはぶざまなうすら笑いとしか見えないだろう
だが物語は相変らずつぶやかれる　それだけが
かつてそういう日々のあったあかしだとでもいうかのように
そう　私のいたことをいつまでも憶えていてはいけないよ
忘れるんだ　それが倖せというものさ

君らのではない　私の倖せ
忘れられることの倖せ
言葉と一緒に　この中途半端な日々のことなども忘れておしまい

うつらうつら　うつらうつら
このまま雪の積もるのを待つ
うつらうつら　うつらうつら
部屋は埋もれ　街も埋もれる
ここはあたたかいぞ　隙間風も来ないぞ
次第に薄れてゆく想いの中で
どこまでも引き伸ばされるチェロのような
ゆるやかな響きがなおも聞こえる
子守唄か　それとも　いつだったかの
ポルタ・ロッサのざわめきか
立ち去った人々はもう帰って来ない　だからといって

旅が夢とは限らない
続けよう　どうせ
一度始まったものは尽きることがないのだから

2　冬の蛹

内側ではどんなにがんじがらめになっとるものか、
とてもわかるまいなあ。　――ジュリアン・グラック

むかし　どこへ出るにも律義に携えた
七つ道具の重かったこと
その　子供じみた武装の一式を
当り前のように担いでいたのに
いまとなっては腕時計が手首に重い
頸に結んだネクタイも重い
腕時計は親父の形身で肌身から離すわけにも行かないが
ネクタイはやむを得ぬときだけの身だしなみ
あとは丸めてポケットに入れる

するとこんどはポケットが重くなる
住所録も重く　眼鏡も重い
さて　いまをはやりの携帯電話はどうしたものか

そうやって少しずつ　おれたちは朽ちて行く
旅の支度だけでもすでに面倒臭い
船を出す前に　かねて親しかった老人に
挨拶をしに行くのが精一杯で
遥かに暮れる夕焼けを見やりながら
庭椅子の上で　いつまでも尽きない酒を酌み交わす
そんな夏のひとときばかりを夢に見ている
窓には昨日も雪　今日も雪
ボイラーがときおり火の粉をあげるが
海と溶け合う太陽には及びもつかず
ひとたび消えた永遠は二度と見つからぬ

いつだって夏は短か過ぎたのさ
冬は途方もなく長く　おれたちはもうよみがえれない
外へ出れば凍える　だから出ない
それが残された知慧というもの
いずれ雪が雨に変り
かぼそく陽のさすことがあるとしても
雨だって冷たいし
陽の光も冷たい　わかっている
寒気団よ　いつまでも居坐るがいい
酒が冷え　小鉢も冷え
軒端ではひたひたと水音がして
ひたすら沈み込むものの気配が続く
そうさ　おれたちはもうよみがえらない

せっせと自分で吐き出した糸にくるまって
眠ったまま煮殺される蛹《さなぎ》のように
こうして羽化を夢みながら死んで
すべてが消える
あとに残る繭が何かの役に立とうと立つまいと知ったことか
暗いなあ　生は　そして死も　と
誰かが歌っていたような気がするが

おお　なつかしの日々
とめどなく思い出すことは忘れることにほかならぬ
むかし　重い荷をいとわず背負って
いくつもの山を越えて行った
たどり着いた先には　梅の花の咲く
なごやかな里があった

3　血のしみた地

あれがシテール、
と誰かが言った。　――シャルル・ボードレール

やはりコソヴォへこそ行くべきだったか
ここから南　遠い昔から血に染まったあの平原へ
修道院の点在する険しい丘を縫って
ひたすらに走ってみるべきだったか
だが　その道はとらなかった
北へ　肥沃な野を貫いて
車はヴォイヴォディナへ向かっている

クルシェヴァッツまでならたずねたおぼえがある

コソヴォで死ぬべくラザロたちの集結した町
出撃を前に彼の祈った聖堂
民芸館の壁の　一枚の小さな絵が
凄惨な戦いの翌朝　しらじら明けの
しかばねの間でまだ息をしている兵士らに
水を与える若い女を描いていたっけ

そんなふうに　たった一度の戦闘を
いくつもの尾ひれでふくらませ
年代物の胡弓に乗せて語り伝える　これが詩なのさ
それほどに　魚影は遠く泥水に没しても
尾ひれはなおも血を流す
そしてつぶやく
あの戦いのあと　ヨーロッパ全土に弔鐘がひびき
われわれは五百年の隷属に入った　と

けれども　もっと南へ　谷をさかのぼりつめた奥
ソポチャニの礼拝堂を埋め尽す
ビザンツの壁画の青は深かった
僧院の外の斜面に　秋の柔らかい陽ざしが
黄色い木の葉を透かす下で
黒衣のまま無言で羊の群を追う
老いた修道女は日に焼けた顔ではにかんでいた

だからやはり　ふたたび南へ行くべきだったか
しかしここ　ノヴィ・サドの高い砦から
ドナウに沈む夕日を眺めるうちに
戦いの日々は霞んで行く
血まみれのボスニアからこの平野に移り住んだ詩人は
ビザンツの聖人のように寡黙だ
あなたがたもここでなら安心ですか　と訊ねると

そうでもないのですよ　子供の学校のこともありますし
と　彼の夫人が代って答える
そして　枯れた玉蜀黍《とうもろこし》の畑の果てには
小さなソンボルの町が　色とりどりのバロックの建物を
緑の箱庭のようにうずくまらせる
やさしい人たちが案内をしてくれて
木立の中の黒い夜が一杯のヴィリャモフカで更けて行く
だが　絵のようなこの町にも絵があって
異民族の大軍を撃破する若きプリンツ・オイゲンの
途方もなく巨大な戦闘図が広間にのしかかる

いっそ　別の岸辺へ泳いで行けたらよかったのに
十字路という十字路で　人も車も言葉もぶつかったままだ
コソヴォの古い歌が聞こえてくる
南スラヴの　深い地声の二重唱が

霧にひそむ昔の恋を呼ぶ
しかし　いままた　あそこでは血が流れ
血の復讐がこだまする
ここはおれたちの土地だ　おまえたちのものではない　と
すさまじい声が大地を引き裂く

4　ながらえる者の嘆き節

汝は汝の村へ帰れ
——西脇順三郎

ひとつの作業が終るたびに
使った道具を丹念に元へ片づけ
自分もまたひっそりと元のところへ帰って行く
サウイフ静カナ暮シガワタシハシタイ
私は死体？
長い仕事がやっと終って　その仕事のため
机のまわりに積み上げてきた　とんでもない数の書物を
一冊ずつ棚へ戻そうとすると　これはしたり
どう押し込んでみても　もはや元の鞘には

収まりきれなくなっているではないか

遅く行くと坐る椅子も見つからないほど
広大な待合室を埋め尽していた
あの老人たちの大群はいったいどこへ行ったろう
みんな死に絶えたか　地にもぐったか
なかにはたしか知り合いもいたのに
あの連中のとりとめもないおしゃべりがもう聞けなくなり
相づちに気の抜けた返答をする必要もなくなった
相手はどうせ　こちらの言うことなど
聞いてはいない　ひたすら自分の想いを追っている
それでも　もしかすると　あのゆるやかな会話のリズムが
何かの救いになっていたかも知れないが

——革命いまだ成らず　たたかいが

あんなことで終った筈はないですな
形を変え　手段を変え　場を変えて
いくさは世の終るまで絶えない　むごい話さ
泣き女たちの泣き声ももう聞きあきた
腹を打ち地べたを叩いて歌ったのは昔のこと
いまや死はいたるところに身をひそめ
われらの踏む土地はことごとく墓
地雷がある　落し穴もある
忘れたかい　カンポ・サントがそうだったように
土は死人をすぐに腐らせ　忘れさせるもの
もっとも骨だけは　あれは別でね
掘ってみれば　どこからでも　傷を負った人骨が
砕けた武器と一緒に出土する
だが　それにしては息子どもの頼りなさ
いくつになって　いくつの首がとれるやら

老人恥を知らざるを恥ず　と
かつて恩師は著書に書き入れて
不肖の弟子に手渡され
照れたようなその識語が　こちらには
申しわけない　てのひらにもてあまされるばかりだったが
気がつけば　帰る村などどこにあったか
老人の数がふえるように書物がふえて
私もふえた　もう遅い
あまりに長く生き　あまりに戸惑い
あまりに待合室をふさいでしまい
いまさら消えるわけにも行きそうになく
いまだにヒベルニアの海を汚し続ける
もういいかい
もういいよ

5　庭のしずく

此の下に稲妻起る宵あらん
——夏目漱石

ライラックの花ははや果てたが
イチハツはいまがさかりだ
ふだんは薄暗い窓の下の　そこだけが
不意の光を浴びたように見え
よそよりも季節の遅い庭を
それでも確実に何かがめぐっている

窓をあけて　薄雪かと疑ったほどの
桜の散り始めの朝が忘れられない

あの景色は美しかった
いつもの貧しい庭とも思えなかった
ほんのいっときのことでしかなかったが
芝生も植え込みも　いちめんに
うっすらと白いものに被われて

株ごとに開花期の違うツツジの
あるものはもう花がしおたれ
あるものはこれから蕾をふくらます
梅の実が　まだ小さいのに
一つ二つと落ちかかり
思いがけないところまで転がっている
いまのうちに拾っておかないと
どこで芽を出してしまわないとも限らない

この庭にはいろいろと埋めてやったものだ
死んだモズ　死んだヤモリ　死んだフナ
雨樋の裏の巣から落ちて冷たくなっていた
まだ産毛もない雀の子
一歳に満たずに眠りこんだ白い仔犬もどこかにいる
消えて行ったそれらのものたちの　薄れて行く記憶の間から
毎年のようにユリが伸びて出る
夕食の膳にとノビルの根を掘るうちに
そんな何かをさぐり当ててしまわないだろうか

彼らはいまでも土の中で　同じ姿勢で
それぞれの想いを追っているだろうか
誰を恨むわけでもなく
愛されたか愛されなかったかにもかかわりなく
彼らよりもずっと昔の　花ざかりの野の中で

一頭の白い仔羊が血をしたたらせていたことなども知らずに
ただ　何かが満たされなかったと
そして体のどこかが寒かったような気がしたと
そんな思念だけを薄い煙のように漂わせながら

やがて　そういったものたちが芽を吹いて
虚空に花を咲かせるだろう
大きな花ではない　無数の小さな
たとえば　このひとむらのタイムがつけた花のような
一輪ずつでは目にもとまらぬほどにささやかで
しかし　全体が白く匂い立ってふたたび虫を呼んでいる花

その香りがいま　私の坐るあたりにまで漂ってきて
木の葉の下にしずくをしたたらす
いや　遠い記憶に薄められた何かの味が

口の中にかすかにひろがる
こうしていると体のどこかが寒いような気がする
うっすらと白いものに被われて行くような気がする

6　飛ばない凧

ねえ、羊の絵をかいてよ。
――アントワーヌ・ド・サン＝テグジュペリ

いまでは顔さえよく思い出せない　四歳か五歳ぐらいの女の子
三十年あまり前に一度だけ出遭った　薄汚れた服の小さな娘
その子が　また　いまになって　なぜ
夜ふけの部屋をたずねて来るのか
Nevermore と啼くカラスのように
仕事机の向こうの暗がりにうずくまるのか
窓の外では闇の中に雨ばかり降るというのに
その子は遅い午後の空き地で　ひとりきりで遊んでいた

あのころはこの街にもまだ空き地があり
私は幼かった息子を連れて　凧揚げをしようとそこへ出た
小さなヤッコ凧だが　糸を長くつけ　思いきり高く揚げてやろうと
息子を待たせて風を読み　ゆっくりと糸目やしっぽを調整した
広い空き地の向こうで　どこかの小さな女の子が
やはりしきりと凧を飛ばそうとして　うまく行かない
そんな様子が目に入ったが　それ以上気にはとめなかった

やっと息子の凧が舞い上がり　空に安定し始めたころ
その女の子がいつのまにかそばへ来ていた　見知らぬ子だが
どこかうつろな表情や　ちぐはぐな服装は
もしかすると知慧が遅れているかと見えた
その子の凧の惨めだったこと　紙はそこここが破れ
布紐のような尾を垂らし
太い有り合わせの糸が粗雑に結びつけてある

いままでひとりで悪戦苦闘していたらしいその子が
おじちゃん　と私に言った　あたしの凧も直して　と

こんな凧が飛ぶ筈もなかったが　そう決めつけては可哀想だし
息子の前でよその子に冷たくするのもはばかられた
息子には暫くひとりで糸をあやつらせておいて
私はその子の凧をいくらかでも調節しようとかがみこんだ
うん　この凧はねえ　ちょっと具合が悪そうだから
揚がらないかも知れないよ　とつぶやきながら

けれどもその子は　もう凧など揚がらなくてもよかったらしい
誰かが自分にひとしきり力を貸してくれる
それだけで十分に嬉しかったのだろう
私が彼女の糸目に取り組んでいるうちに
不意に体をすりつけて来て　思いもかけない言葉を口走った

おじちゃん　好き　と

その言葉は　彼女が日頃どれほど見捨てられ　自分でも
そのことを知っているかを告げていて
私はほとんどうろたえた
かと言って　それ以上何がしてやれたろう
私は息子に声をかけた　なあ　もうじき暗くなるから
今日はそろそろ帰ろうか
それを聞くと　女の子も　飛ばない爪を地べたに引きずりながら
日暮れの空き地を　黙って別の方角へ遠ざかった

名前だけでも聞いておけばよかった
それほど遠くに住んでいたのでもなかろうから
その後の消息を　知ろうと思えば知れたろう
生きていれば　息子と同じに　もう四十にも届いているか

それとも　どこか　知らぬところへ連れ去られたか
だが　その子はいまもあのときの姿のまま　うつろな顔で
夜ふけの私をたずねて来て　たどたどしく言うのだ
おじちゃん　好き　と

7　透明な犬

いいえ子供
犬は飢ゑてゐるのですよ。　――萩原朔太郎

犬が行く
薄茶色の犬が一匹
川とともに曲がる堤の道を
緋色に燃えるカンナの群れに沿って

灼けたアスファルトが
趾裏に熱かろうに
脇目も振らず　舌も出さず
尾だけをゆるやかに動かしながら

ひたすらどこかをめざして行く

そのうしろから
同じ大きさ　同じ形の
透明な犬が何匹か
同じように尾を振って
同じ速度で続いて行く

あいつにも生まれたときはある
母犬の乳房を兄弟と分けあい　鼻を鳴らしたこともある
だがいまは　最初からこのままで世にいるのだという顔をして
用事ありげにすたすたと行く
透明な犬を何匹も引きつれて
犬には犬の影　カンナにはカンナの影

透明な犬たちにはむろん影がない

自分の透明さに耐えられなくて
人を殺してみた人もいるが
殺してみても彼はやっぱり透明で
どこにも彼の影は落ちない
殺された人は透明ではなかったのかも知れないが
殺されてしまえばこれもやっぱり透明になる

それはそうだろう　わかっていなかったのかい
あの犬には実体があるが君にはない
君は実体を見ずに役割だけを求めていた
だが役割とはもともと透明なもの
君は透明な街に住み　役割だけの人々にかこまれて
その透明さに苛立っていた　それだけのこと

殺人者という名も役割にすぎまい

苛立てば苛立つほど君の実体は薄れ
言葉ばかりがあとへ残る
大切なのは役割じゃない　君の食べた昼のおかずさ
こうしてカンナのそばに佇んで
犬を見送り　それを言葉にしようとしているおれも透明だが
あの犬の実体は　こことは違う場所に結ばれるんだ
どこかわからぬ　何年先のこととも知れぬ
おれなどのあずかり知らない虚空に

犬が行く
透明な犬たちに追われながら行く
尾を振り振り　はるか川下に遠ざかる
いまは堤の上の小さな茶色のしみとなり

陽炎《かげろう》の中へふっと消える
透明な犬たちも一緒に消える

8　必敗の野

どこかよその国の
にぶい小さな物音だ。　――ジュール・シュペルヴィエル

おれたちはみな手傷を負って
草の葉の蔭にうずくまる
蟬の声がまたひとしきり降りしきり
なまぐさく血が匂い立つ
動けない　動かない方がいい

勝つとか負けるとかは言葉にすぎない
生きのびることさえうつろに見える
殺せと言われて殺すことを思い

殺されるとなれば逃げまどう
そんな月日があといつまで続くのか

昨日まで小石を拾っては投げていた
すぐそこの河原へ出ることもできない
水は相変らず光って流れているが
あれを汲みに行く気力もない
どんな目が見ていないとも限らない

どうしてこんなに手足が痺れるのだろう
おれたちはやはり卑怯だったか
力もないくせに思い上がって
泡のような日々に浮かれただけだったか
風を自分の手柄とばかり思い込み

血の気の失せた仲間たちが
ひとりまたひとりと息絶える
閉じない瞼に蠅を這わせ
唇は泥と枯葉にまみれ
汗と排泄物の匂いにくるまって

ときはいま真昼　雷雨はまだ来ない
すべてを洗い流してはもらえない
草むらは蒸し暑く
死んだ者たちが腐敗し分解される
おれたちはそれをただ待つしかない

何が来ようとおれたちはたぶんそれまで保《も》たない
お互い埋め合うことさえできそうもなく
おれもまた収容だの埋葬だのはごめんこうむる

誰の情けに縋るにしても
このままじっとここにいたい　それだけでいい

ときおりまだどこかで銃声がする
生き残って憎悪をぶちまけている奴もいるか
弾丸《たま》が残っているだけでも羨ましい
あの乾いた音が妙にこだまするうちに
何かもっと大きなものに赦してはもらえぬものか

何をしても無駄だった　うまく行く筈はなかった
草の間に蜘蛛が小さな巣をかけている
そうやって時がめぐり　水が光り
旗を掲げた記憶ばかりがあとへ残り
蛇をかたどる古い寺院が密林に没して行く

泡がはじける　蟬の声が不意に薄れる
日の光がかげる　地面が沈む
おふくろはどこへ行った　おれを置き去りにして
遠くで　おれではない別の息子を呼んでいる
それもまたよかろう　おれはここだが

9　夏の終り

暁はかならず
あかく美しいとはかぎらない　――小熊秀雄

鳥は帰ってこない
岩の大きな群れを押し分けて風が吹き
白い帆も黒い帆もまだ見えない

鳥は帰ってこない
遠い昔にこの半島を去ったまま
どこの海を飛びめぐっているかの消息もない
人のいない浜を光と飛沫が水平に切り
波に棲む獣たちの鼻面が沈む

風にさからって舞うあの無数の小さなものの集団が
もしかして　鳥の千々に砕けた破片だろうか
それとも引きちぎられた草の葉か
少なくともおれの鳥は帰ってこない
板戸が鳴り　軒がきしむ
見てくれ　空には水銀が流れ
おれのアンテナは傾いて唸る

無駄だった
いくら待っても来ないものは来ないのだ
ランタンの灯油が尽きて
湯気に曇る食堂のガラス
テーブルに並ぶハムやチーズ
温められたミルク　見ず知らず同士がかわすおはよう

誰もが血のとまらない脇腹の傷をかかえて
うっすらとほほえみ
ふたたび無駄な一日への姿勢をとる

鳥は帰ってこない
岩に水は湧かず
遠い崖にきらめく塩の柱
そう　塩の柱　塩の剣《つるぎ》
一度ここから放たれて宙に舞ったものが
ここへ戻るとは決まっていない
容赦なく風が通過して
凝固した筈の時間がしぶきをあげる
あり合わせの白い壁　黒ずんだ窓の木枠
道には古いわだちが残る

ここを運ばれて行った骸《むくろ》もあるのだ
何もかもが靡いている　ただ一つの岬の方角へ
そして歌っている　風の上へ

細い声で
言葉のない声で
とり返しのつかない歌
チューブからやっとしぼり出される歌を

鳥は帰ってこない
もういい　二度と戻るな
傾いた海をいつまでもめぐっていろ
白い帆も黒い帆もまだ見えないが
もういい　どんな舟もここへ立ち寄るな
岩をえぐる風　裂かれる泡
夜明けの灰色の光もまぶしくない

おれがここにいる間だけがおれの時間だ
ゆっくりと海をかきまわしている大きな軸の
ほんの一回転の間だけが

10　干からびた星

落葉よ　おまえは
明けの星に似る　——瀧口修造

ちっぽけな十字の黄色い星が　いくつとなく
地べたに散らばって薄く干からび
虚空を漂っていた香りも消えて
キンモクセイの季節が終った
十月を自分の帝国と呼んだ背の高い詩人も
十月を待たずに姿を消した
いつになく大きな風が膝のあたりを吹き抜けて
僅かばかりの落葉をさらって行くが
干からびた星々は動こうとしない

むかし一度だけたずねたことのある　小柄な老人を思い出す
世間話のうちに　妙に口ごもって
もしかするとこちらに何かを託そうとしていたのかも知れないが
私はそれに気づかなかった
あるいは　気づこうとしなかった
私はまだ若くて　自分の関心ばかりを追っていた
その後まもなく老人は死んで
あのときの何かが何だったのか　もうわからない
あれはもしかすると重大な秘密
それを受けていたらこちらの物の見方が一変する
そんな途方もない代物だったかも知れない
大きすぎて彼も手渡すのをためらったのかも知れない
それともほんのつまらないこと
たとえば私の袖のボタンが一つとれているよといったような

言っても言わなくてもいいことだったか

それでも別れ際にその人は送って出て
門のきわの月桂樹のひと枝を　折り取って私にくれた
土に挿しておいてごらん　すぐつきますよ
それが贈り物で　形見となった
持ち帰った枝はたしかにわが庭に根をおろし
いまではたぶん親の樹よりも大きく育ち　葉を茂らせ
ひこばえをやたらにふやして刈り取るのが一苦労だ
薄暗い根方で　蜘蛛の巣を顔から払いながら
泥と汗にまみれて刈っていると
それでも月桂樹の芳香にだけは包まれる

こんなことを思い出したのは　あの老人が
星の形をした砂粒に見入る人だったからだ

指をこぼれる砂の粒がみんな星だとしたら
そんな砂浜に　さて　どうやって坐ったものか
天の星くずが見えない音楽を奏でるように
砂もまた　私の下で　声も立てずに啼くだろうか
そして　いつ　どんな潮の香りを漂わせるだろうか

キンモクセイのこぼした星々が
消えるように干からびて行くのを見守りながら
自分に受け渡されようとしたものがいったい何だったのかを考える
いつになく大きな風が耳のあたりを吹き抜けて
たあいもない世間話をさらって行く
私もまた　口ごもるだろう
何かを　誰かにゆだねようと思ってみても
その形のなさに　結局はためらうだろう
そしてただ　こう言うかも知れない

君　袖のボタンが一つ　とれているよ　と
あるいは　土に挿しておいてごらん　すぐつきますよ　と

11　帰路

私はいつまでもうたつてゐてあげよう
——立原道造

駅の裏手の　路地奥の
小さな自転車預かり所は
木立の中の掘立小屋だ
ビニールトタンに囲われてハンドルが並び
列車通学の生徒たちが
おそい午後　思い思いに自転車を引き出して
真赤に色づいたハゼをくぐり
松林の間を帰る
朝来た道をそのまま逆に

子供たちの帰って行った方角から日が暮れる
見えない大きな川が音もなく路地を流れて
土と同じ色のヒキガエルが一匹
薄闇の道端で　動かずにいる
冬眠に入るのを忘れたか
心地よくもぐりこんだつもりの落ち葉を掃きのけられたか
そのまま凍えるわけにも行くまいに
自転車がひとしきり去ったあとの静かな時間を
眠ったようにじっとしている

つまりはこれが　わが慰め　わが唯一の時
わが棲む街に並ぶ他人の家々
軒と軒との合間にともるただ一つのあかり
朝来た道をそのまま逆に

われとわが落ち葉の堆積に向かって
テールライトの妙に明るい自動車をやりすごしながら
物も思わずに歩くばかりだ
冷えてきましたな　ええ　今夜は　と
薄闇にすれ違う影が声をかけ合い

あのヒキガエルもいずれどこかに姿を消すだろう
ビニールトタンの小屋が夜ふけにはからっぽになるように
すべてが明日　また最初からやり直されて
そのとき　しかし　おれはもういなくなっている
そんな具合にことが運べば上々だ
おれの手からは菊のすえた匂いも立たない
いくばくかの小銭をポケットの中で握りしめ
もう一方の手でタバコとライターをさぐり
歩きながら一服つけることを思ってみる　それだけだ

見えない大きな川が道を流れて
おれの足もとを浚《さら》う　いつものことだ
流れにさからって帰路を辿りながら
いっそ流れに身を委ねることを思ってみる
それもまたいつものこと　いつものならい
冷えてきたな　今夜は　そう　呪文のように
何もかも変らない家並みと空き地
自動点灯する街路灯　そのひとつひとつが
海の向こうまで連なっているらしい

それでも子供たちは明日　また自転車を置きに集まるだろう
女の子も男の子も　白い息を吐きながら
駅の裏口の階段を登るだろう
おれのまだ目ざめていないに違いない冷たい時刻に

ともかく学校にだけは行くために
——そうやっていつまでも川は流れ
尽きないおれの歌も流れる

12　田ごとの顔

わがこころなぐさめかねつ
——よみ人知らず

むかし田ごとに月が映った
いまは田ごとに顔が浮かぶ
月のように丸い顔　目を閉じた顔
名も知れぬ者たちのどれも同じ顔
向こう側でもなく　こちら側でもなく
ただちょうど水のおもてのあたりに
笑うでもなし　泣くでもなし
何か言いたいことがあるでもなし
ただじっとこちらを向いている顔また顔

一枚の板ガラスに凍りついたそんな風景が
それを思い描く者の数だけあって
その数が道に雑踏する　順路はこちら
先に出ることもできず　ふと立ち止まることさえできず
同じ速度でひたすら脚を動かして

河岸《かし》に荷揚げされた魚のように
死体の数で数えられる者たち
彼らが何をなつかしみ　何を惜しみ
夢の中で何をおかしがって笑ったか
そんなことはもう昔の話
誰にも復元するすべのない物語
すぐそばにあっても遠い遠い出来事だ
こんなにも脆《もろ》い　こわれやすい

一息で吹き消される蠟燭が
願いの数だけ点《とも》されて聖母像を浮き上がらせる
いつ見ても同じ顔した聖母を

そう　顔という顔はどれも同じだ
目をつぶって何も言わないなら死んだも同じ
死んだまま運ばれて行くがいい
こちらもうっかり名乗ったりはしないさ
名乗ってもどうせ聞こえまい
名前などないことにして　新聞を畳んで
どこかの駅で電車から吐き出されるだけのこと

田ごとに月が映る　顔が浮かぶ
そして田ごとに水が揺れる
見ず知らずの顔が　いくつとなく

次から次へと浮き上がる
蠟燭の火の揺れる暗い堂内に
置き忘れてきた古い壁画　剝げ落ちた漆喰
虚空に舞う女たち　そして子供たち
そんな景色をかかえこんで　人に伝えるすべもなしに
あとどれほどの枯れ草を踏んで行かねばならないことか

遠い雪の山　鉄の扉・
木枯らしに舞うカラスたち
そのカラスにも一羽ごとの名前などありはしない
番号すらなくて　あるのは数だけ
生き物は昔からみんなそうだった
頭だの　口だのの数で数えられ
よその国への贈り物になる　生口《せいこう》百人
どんなに泥深い田を内にかかえて

月だの顔だのを浮かべてみても同じこと
夜ふけ 不意に枕もとの電話が鳴って
ねぼけまなこで受話器をとると
失礼 番号を間違えました　と声がささやく

13　千年の帳尻

十三番目が戻ってくる、それはまたもや一番目。
——ジェラール・ド・ネルヴァル

大きなひとつのめぐりの輪が　あと僅かで閉じようとするときに
(どこの暦の年だったか
それとも千年の収支の帳尻だったか)
ひとり　またひとりと　立ち戻ってくる人々がいて
血まみれの畑の畝《うね》から湧いて出る
どれも見知らぬ顔　海藻のような衣服を手足に垂らし
それぞれによろめきよろめき歩いてくるが
声には遠い聴き憶えがなつかしい
ああ　なつかしい

君　まだこんなところにいたのか　もうすぐに日が暮れるぞ
冷えてこないうちに帰りたまえ　その方がいい
帰れといって　どこへ　何をしに
本はみな読みもしないうちに燃してしまった

この千年　おまえは何をしてきたか
どこの村はずれをうろうろとめぐっていたか
吹いてくる風は何も言わないし
いまさら悔いようもないのだが
おれより先に消えた何万という人々の
死にざまはいくらかずつおれにも責任がある　逃げられない
これが人のいう至福の期間だったのか
それとも千年続いてなお終りそうもない審判だったか
そんなことがおれにわかるものか　もしかすると生まれる前の
途方もなく長い胎内の日々だったかも知れないな

母よ　あなたは幼かった私を見捨てた
それ以来　私の夕食はいつも貧しかった
いまここで一杯の葡萄酒にありついても
千年の渇きは二度と癒えない
乳と蜜の流れるのは　ここではないどこか砂漠の向こう
そこへ行くすべは私になく　行きたいとも思わないが
行ったとしても辿りつくころには乳も涸れているだろう
いちめんにひろがる塩の畑　カラスも飛ばぬ空
投げ棄てられた財布
同じ方角に同じ角度で傾いた塔　落ちて砕けた天井
それらすべてを焦がす業火がまだ訪れないというだけのことではないか

遥か砂原の果ての街の盛り場で
いっときだけ喉をうるおしてくれたオレンジの搾り汁

（月桂樹は繁り　オレンジはたわわにみのり）
そして　せまい薄汚い市場《いちば》の通路をめぐった末に
片隅の日除けの下で茶を飲んで
見ず知らずの人々と吸い合った水煙管《みずぎせる》
あの街もいまは火の矢を浴びたか　それともしたたかに生きのびたか
所詮おれは　才覚もない隊商のひとり
立ち去ってしまえばあとは知らない
ナイフで削《そ》いで食べた羊の肉の味ももう忘れたっけ

こうして　いま人々は立ち戻り
私のそばを通過して　また歩み去る
十三番目の次は十四番目　そしてまた二十五番目
いくつものめぐりが過ぎたとしても
人々はまた別のところへ消えて行く
これが忘れられるということ　いや　最初から失われるということか

私は何も持たず　何も失わず
星の形をした砂粒の中で
失うことの恐れに取り憑かれていただけだ
そう　恐れによって千年　私は生きた
そのめぐりももうあと僅かで閉じるのだが

詩集　わがノルマンディー　（2003）

わがノルマンディー

わがノルマンディー

私のノルマンディーは熟《う》れたチーズと密造シードル
村の旅籠《はたご》の昼食に出る小粒の泥臭い牡蠣《かき》
食堂の天井に吊った鼠よけの板の上に
日もちのする田舎パンが載ったまま忘れられ

私のノルマンディーは茶色まだらの巨大な牛ども
ゆるやかに傾く野の道を　従順らしく
白い歯の子供たちに追われ追われて
尾を振り　ときには啼き声をあげながら行く

私のノルマンディーは陽《ひ》を浴びた僧院の廃墟
それへ向かってゆっくりと川面《かわも》を揺れる渡りのはしけ
青空に映える真っ白な石材　その曲線が途中で折れて
川上からは双生児《ふたご》を載せた筏も流れてこない

森を抜けるといきなり崖の端《はな》　その先は海
水の彼方に落ちる太陽がぽたぽたとしずくを垂らし
あたりの陸地はすでに翳《かげ》り　沖合だけがなおも明るく
しかし間もなくすべてが闇に没するさだめ

詩人の名　音楽師の名も　いまは街路に残るばかりで
私のノルマンディーは舟底天井の木造教会
どこか遠くの石造りの鐘塔を夢に浮かべて
古い港の一角へ　ムール貝でも食べに行こうか

夏の想い

形のない風が　かすかに
かたわらを吹いて過ぎる
気づいたときは　すでに
去って行く一つの気配ばかりだ
記憶とはたったこれだけのものか
去って行く気配は　街路を曲がり
町はずれの大きな椎の枝をくぐり
小さな橋を渡って　あとは野の中へ
麦の穂を吹き分け吹き分け

ひたすらに滑って遠くなる

歌にもあるではないか　世の人々は
はかない楽しみに酔い痴れて
私たちを嘲る　と
だが私たちは必ずやよみがえる
よみがえったあとどうなるのかは知らないが
この世に記憶というものがある限り
たとえ形のない気配に過ぎなくとも
私たちは立ち戻る
ほんの一瞬あなたを立ちすくませるためだけにせよ

去って行く気配は　街路を曲がり
町はずれの大きな椎の枝をくぐり
小さな橋を渡って　あとは野の中へ

麦の穂を吹き分け吹き分け
ひたすらに滑って遠くなる

つぶて

世の人がわれらに石を投げる日
その日まで生きていたいとも思わないが
そういう日は必ず来て　われらはここを追われよう
石を投げぬまでも　稲荷の社《やしろ》の狐でも見るように
気味悪さ半分　不信感半分
たたりは嫌だが無視するにしかずと
顔を見なかったことにする　そんな日が
さすらいと言えば聞こえはいいが　つまりは無用

人々がせかせかと歩くかたわらで
じっとうずくまって日を過ごす
それが目ざわりだと言われても困るのだが

どこからかつぶてが飛んでくる
いや　あれは渡り鳥
今日にもここを立ち去る者たち
あとに残るのはカラスばかりさ

いつか必ずそういう日が来る
抜けるような青空にカラスばかりが羽ばたく日が

墓標

罪なくして死す　の墓標が
行く人の足を引きとめる
さようさね
人はしばしば罪なくして死し
また罪ありても死するならいだ
何をもって罪とするかは誰も知らない
ずっと上の　高い空を
昔ながらの風がわたる

誰がこのあたりを荒れ野と名づけたか
ここは世の始めからこうだったのだ
見わたす限り石くれと赤土ばかりで
ところどころに開墾の跡や
用水らしい窪みが残るとは言え
どれも地べたのほんのわずかな高低差
腹這いになっても見分けはつくまい
力尽きた人々が地から尽きれば
大地はまたもとの姿に戻る

罪なくして死す　と風が鳴る
昔ながらの風の言葉はそれだけで
羊一頭飼えない地表が
かすかな土煙にかすむ　その上へ
遠く山なみが浮き上がる

頂き近くには雪渓も見える
眺めだけは素晴らしいのだ　ここは

墓標もまた　いずれは土に埋もれよう
どれほどいとおしがられた者か　どれほどの
無念の死であったかは知らないが
怨みも風が吹き散らす　それだけだ
おれたちはただの過ぎ行く者
ほんのいっとき足をとめたにすぎない者
悪く思わないでくれ　こんな荒れ野に
生きようとした人がいたことにだけは帽子をぬいで
先を急ぐしかない　さもないと
こちらが野垂れ死にしかねない

秋は柿の実

いまここに一つの柴折戸《しおりど》が開かれ
踏み石が　ほんの三歩か四歩　私たちを
ごくせまい庭のさらに奥へと導き入れる
いまここに一本の枝がたわみかかり
それをくぐるために私たちは心ならずも身をかがめねばならない
生け垣の外にはさざめきが行き交い
少し離れた地所には小さな石塊がひっそりと苔むしているが
紅葉《もみじ》にはまだ少し早いこの季節
何もない　何もない一間《ひとま》きりの藁屋根が人を迎える

そう　この藁屋根の下でかつて私たちは
言葉を思いつき　それを忘れ　また思い出し
先に行った人々のわざを偲び　またそれも忘れて
音もなく落葉に埋もれることを願ったものだ
秋は柿の実　だがそれもいつの間にかことごとく鴉についばまれ
斑点《しみ》だらけの葉だけがまだ梢に残っていて
このあたりは山あいでございますから
紅葉のうちからもう雪が舞うのです
とすれば柿の実も噛りかけのまま枝先でしなびるだろう
石くれはそのあたりになおもたたずむ気配だとしても
私たちの眠るのはここではない　あの山の
蔭のあたり　人の耳には聞きとれないほどの
かすかな低い地鳴りがとよむあたりだ
こうやって時が過ぎ　そそくさと季節は移り
茶をすすり

私たちの指先は柔らかくなるが
私たちの目は硬いまま残る
私たちの言葉は硬いままどうしようもなく残る

大聖堂へ

環状道路から大聖堂へ
ゆるやかに登って行く石畳は
遠いむかし　まだ若かったころ
あいつとよく歩いた道に似ている
道幅　傾斜　曲がりの具合
両側の街並みのたたずまい
その上へ　巨大な聖堂が高々と黒く
家々の軒のむこうを見え隠れする
日除けの店ではパン菓子などを売っているらしい

ここではない別の町の
この道とそっくりの坂の途中で
こっそりしめし合わせて落ち合ったものだ
頃合いをはかって登って行くと
あいつは坂の上から天使のように舞い降りて
道端で偶然出逢ったふりをするのが
二人のささやかな遊びだった
やあ　また逢えたね　とか
その場かぎりのでまかせを挨拶にして
あとは二人で坂道の続くかぎりを登ったり
続くかぎりを下ったりした
高みにうずくまる大聖堂が
その石材の全重量で家という家を押しつぶす
あいつにもその後ずいぶん逢わないが
どこかでいまも幼い天使を演じているか

そろそろ息が切れかかり
坂道は果てなく登り
大聖堂へのお参りも結構きつい
このあたりで引き返した方が無難かな
たどり着いたとして　蠟燭をほんの一本
あとは何を祈るあてもない
これほどの長い年月　ついぞ訪れなかったものが
いまさらここへやってくるとも思えない
あいつのために蠟燭をほんの一本
それも　思ってみるだけでいいではないか
失われた日々よ　もうおやすみ
それほどにこの坂道は
むかしの石畳とそっくり同じだ

白い蛾

大きな青白い一疋の蛾が
アクアチントの闇に舞い出る
身じろぎもしない梟が　首だけかしげ
棚の上からそれを眼で追う
蛾の胴のふくらみにどれほどの
卵が宿っているかをはかりながら

子供たちはそうやって
手をつないで一つになり　窓の下

真昼の街路を横切って行く
子供たちの髪は風に浮き
蛾の羽根のようにわななないて
真っ白い鱗粉をまきちらす

遠い　ずっと遠いどこかのくぼみから
この景色をうかがう鬼火がある
仕掛けたものがまだ作動しないのを
いぶかりながら　まばたきもせず
液晶の上で四つの指標が
一致する瞬間をじっとにらむ

家々の影は回転しながら伸びて行き
時は移り
扉のない銅の門柱のかげで蟬が鳴き

雨の降らない一日がたそがれる
梟が首をまわし　眼を動かして
飛び立つべき合図をなおも待ち受ける

聖女の首

間もなく刈り払われる枯れ草が
いまはまだ細々と歌っている
間もなく吹き散らされる白い煙が
いまはまだうっすらと立ち昇る
こんな街はずれの景色ばかりを
飽きもせずに眺め暮して
いつになったらおれたちの出番が来るのか
いつか来るとして　それまで待てるのか
背後の街では窓という窓を釘で打ちつけ

すでに火を絶やし　水も干上がり
この世に生き残った飼い犬たちと
この世に生き残った飼い主たちがうろつくだけだ
朽ちて行く羽目板の割れ目から
巣をくっていた虫の群れが飛び立つ
石畳が傾く
このあたりでオルゴールなどが聞こえたこともあったっけ
花を盛ってあったに違いない小さな鉢が
拾う人もなく転がっている
血の涙をこぼしていた聖女の首が
片頬をえぐられて天を見上げる
この区域はいま　立ち入り禁止
その有刺鉄線も垂れ下がったままだ
耳のためには何もない　と書いてはみたが
ここにはたぶん　沈黙もない

私語をかわそうとするささやきもない
流れるのは雲の下の枯れ草の歌
目に見えない風の冷たさ
それだけだ　たったそれだけだ
砕けた石に足をとられてよろめくとき
遠くを電車のようなものが音もなく滑って行く

越境

海からしぶきが吹き上げる中を、赤さびの線路に放置されている一輌の客車。中には誰もいない。どうしてそれがそこに置き去りにされたのかはわからない。所属や回送先をしるした板がどこかに取りつけてあった筈だが、とうの昔に失われている。だいたいこの線路自体が、いまはもう本線に通じていないのだ。何かの引込線だったとしか思えないが、何のためにこんな波打際に線路を敷き、そこへ客車を引き込んでおいて、そのあとそれを忘れたままレールをはずしたのか。

むこうの岩だらけの岬まで、人家は見あたらない。最寄りの町までは遥かに遠い。人目を避けるねぐらとしてはもってこいだろう。この中で息をひそめていれば、たまに街道を通る車からも、もっとたまに沖を漕いで渡る船からも、見とがめられる恐れはまずあるまい。幸い窓ガラスは割れずに残って、どれも一面に塩で曇っているが、外から気づかれないためにはかえって好都合だし、風だけは防げる。ためしに乗降口から覗くと、同じことを考えた奴が以前にもいたらしく、黄ばんだ新聞紙や何かの食べ残しが床に散らばり、かすかに酢えた匂いがする。そいつも結局は立ち去ったのだ。それもずいぶん前に。もう二度と戻ってはこないだろう。

線路の両側は荒れた草地だ。枕木の間にも妙にぎざぎざの葉をもった草がびっしりと生えて、レールを被っている。この車輌が置き去りにされ、動かなくなってから、よほど長い時間が経っているのだ。車輪はまだ線路に載っかっているものの、これもすっかり錆びついて、おそらくレールから剝がれず、回転もできなくなっているだろう。どうせ動いたとしてもどこへも行けない。棄てられるということはそういうことだ。

　ざらついてべとべとする手摺りを摑んで乗り込んだが、まずいことに、その上で体を伸ばして寝られるかとあてこんでいたシートが一つ残らず取り去られて、座席の下の暖房器の配線がむき出しになっている。これでは寝ることはおろか、座ることもできない。しいてそうしたければ、そのための場所は床の上しかない。もちろん動力源につながっていない以上、暖房器は、かりにまだ生きているとしても役には立たない。便所のついた車輌であることだけは取り柄だが、便器も手洗いも泥まみれだし、水が出る筈もない。用を足すなら、そこらの渚へ人目を忍んで出る方が早かろう。

　それでもこうして床に座っていれば、雨露はしのげる。立ち去った先住者も暫くはそう考えたに違いない。おれも暫くはここで過ごすとするか。潮鳴りがして風が押し寄せ、箱全体がぎしぎしと音を立てて揺れる。そんなとき、砂の積もった床に横になって眠れば、揺れながら国境を越えて運ばれて行く夢でも見るかも知れない。越えたとしても安住の地があるわけではない国境。へたをすれば待ち伏せされ、追いかけられ、拘束されるかも知れない国境。それでも人が勝手にそこを境とし、通行を禁止しようと決めた一線を、こっそり越えて行くほかないではないか。どこへ行こうとおれの居場所などあるわけもないのだが。

おれももう齢をとった。老いるということは棄てられることと同じだ。顔なじみがいなくなり、こんなときはこうするものかと見習う相手もいなくなって、何かこう、霧の中を未知の水域へ漕ぎ出したような気分だ。この先どうなるかはおれにもわからない。国境を越えたって、その先にはまた別の国があるだけではないか。みんなそうやって老いて行ったのだ。棄てられた客車、棄てられた線路、棄てられた浜辺。あたりに茂る草。荒れてしぶきをあげる海。ここの先住者もきっと同じ目を見たのだろう。そしてやがてここにも飽きて、どこかへ立ち去った。どこへ。徒歩で国境を越えるのは危険すぎる。だがもしかすると、それが一番自然なやり方なのかも知れないな。おれもまたいつかはここを去るのだろうか。この棄てられた車輌を棄てて、あとにまた似たような誰かがやってきて乗り込むだろうことをうっすらと思い描きながら。

土饅頭——陝西所見

遠く地平のかすむあたりまで緑いろにひろがる麦畑、そのところどころに灰色の土饅頭が盛り上がる。紙で作った花輪らしいものや、何かの供物も見えているから、あれはやはり墓なのにちがいない。ときには碑も立つが、それはたぶん埋葬からかなりの時を経てのこと。まあたらしい死者は、泣き女たちの声をまだ耳に残して、まあたらしいままに、なまなましく土をかぶっているのがふさわしい。

死者たちはそうやって、どこかの墓地に隔離されるのではなく、あとに生きる者たちのための畑の中で土に帰る。土饅頭のまわりはすぐに麦。花輪や供物はまもなく朽ちて、やがて刈り入れの鎌が訪れるだろう。機械で刈るのではあるまい。墓を崩してしまう恐れがあるからだ。それでも年月が経って、生きる者たちが死者を忘れる日が来れば、土饅頭そのものもいずれは形を失い、畑はまた一面に平らな緑いろの麦となる。いつまでも憶えておくつもりで碑を刻まれるよりも、そうやって綺麗さっぱり痕跡を消すことの方が、死者にとっては幸福なのではあるまいか。というのも、野の広さとこの土地の古さに比べて、土饅頭の数は僅かしかないからだ。すべての死者たちを憶え続けるとしたら、畑はことごとく土饅頭に埋めつくされているだろう。

忘れられるころには地下のむくろも腐れ果てて、あたりの土を肥やし、麦をいっそう豊かに稔らせる。それが死者たちの無言のつとめだ。転生などという甘い夢ではなく、自分をも自分の墓をもひたすらに消滅させることで、あとの世をいっとき潤す、それだけでいい。なぜなら彼らは死んだ瞬間から、とうに悟っているからだ、自分もまたかつては誰かに潤されて生きていたこと、そして自分のあとに潤う者たちもいずれは同じように消え去ることを。

それにしても奇妙な眺めだ、そうやってぽつりぽつりと現れる畑の中の土饅頭が、実は意外にも整然と、目に見えない一本の直線をなして配置されているように見えるのは。見渡す限りの麦の中で、どうやら死者を埋める場所はどこでもいいというわけでもないらしい。これがおそらくは風水というものか。とすればその一本の線に沿って、地下をゆるやかに流れて行くものは何だろう。いや、地下ではない。その一本の線に沿って、麦を吹き分けてどこまでも渡って行くものは何だろう。北の涯の黒い亀。南の涯の赤い孔雀。ゆっくりと、しかし確実に回転する空。それらすべてをけむらせて、どんよりと閉ざされている地平線。

生きている者たちが死者たちを忘れるころには、死者の方がもうとっくに、あとに生きる者たちを綺麗さっぱり忘れてしまっているだろう。無に帰するとはそういうことだ。人は記憶なしには生きられないが、記憶もまたほんのいっときの迷いのようなもの。畑のずっとむこうを未舗装の道路が走るらしく、そこを行く車が盛大に土埃をあげているが、その砂塵がいつか薄れておさまるころには、目の届く限りがまた一面に緑いろの麦となる。今年もきっと豊作にちがいない。

ベッティーナ　あるいは別の方法

ベッティーナ
別の方法が要るんだ　別の方法
ここにいまあるのではない別の方法
別の本
別の鉛筆
それが見つからない　これでは駄目だということしかわからない
おお　ベッティーナ
どこへ行った
このままではいずれすべてが行き詰まる

ベッティーナ
君を読んだのは百年も昔だ
おれは君を読み
君の内側から君を見た
そうやって見る君は途方もなく大きく
それこそ地平の彼方までひろがっていた
それが君の柔らかさだったか
でも君はおれの小さな外側しか知らないだろう　可哀想に
そのあとおれは押し戻されるように君から離れ
二度と君を読まずに来た
何という長い歳月　あの思いを忘れて暮したことか
ベッティーナ
おれに君はいなくなったも同じだった

だがいま　別の方法が要るんだ　別の方法
言葉を吐き出すための別の方法
別のリズム
別の音程

君がいまでもそれを差し出せるかどうか知らない
いまさら君を読み直そうにも君はいない
いたとしても黴が生え　背中が剝がれているかも知れない

おお　ベッティーナ
子供たちの吹く笛がかすかに響き
おれはこんなにも遠いところで眠りに落ちる
前後左右に迫る痛みと　見知った僅かの顔とに取り巻かれ
窓のガラスに北風を鳴らしたままで

別の方法　あとほんの少しで手に入りそうな
だがどうしても手に入らない別の方法

別の角笛
別の笑い声
ベッティーナ
君にはもう二度と会えないだろうが
なおもおれを誘い立ててやまない別の方法

一輪車で遊ぶ少女

花

すべての枝に白い花を噴き上げたとき
木は　二まわりほど大きくなったように見える
雪を残す国ざかいの山なみよりも
なお高々と舞い立つように見える
面《おも》を上げ
袖をひろげ
蓬髪をかすかに揺らせながら
それでも鎮まるまいと羽ばたくように見える
あるいは　途方もなく遠い時の底から

ことわりもなく呼び出された魂が
問いに答えずふたたび眠りに沈むべく
その場にうずくまるようにも見える
まもなく花びらは地に散り敷き
水は流れ
枝は葉むらに変って
その重みでしなだれるにちがいない
そのころには　私はもうここにいない
遠い道を行かなければならないからだ
国ざかいへ向かうか　それとも引き返すか
いっそ地の底へ垂直に降りて行くか
かつて　陽を浴びた枝々に真っ白い花が噴き上げていた
そういう木のある里があった　という
想いだけを痛みのように身にとどめながら

霜

散り敷いた落葉に
言葉なく霜がおりて
森の中の足音は響きをなくし
街の屋根がはるか私たちから遠ざかる
濡れた靴が冷たい　手袋はもっと冷たい
私たちの吐く息も白く冷たい
それでも裸になった梢の重なりが私たちを包もうとする
そう　こうして互いの襟だけを暖め合って
立ったまままどろめたらどんなにいいか

誰もいない森　時の動かない森の中で

日曜日

日曜日に生まれて日曜日に死ぬ女が
日曜日を殺すために街を行く
並木は緑　桐の葉が裏返り
暑い陽射しが建物の壁にこだまする

日曜日を生きるのは至難のわざだ
どこからも電話がない　メールもこない
目をつけた店もあらかたは閉まっていて
次の給料日まではまだ幾日もある

それでもどこかで人はあくせく働くらしく
路面の照り返しが睫毛《まつげ》にまぶしい
脱ぎ捨てた洗濯物の山がふと気になるが
なに　夜になったら全部片づけてやる

日曜日の真昼はきりもなく長くて
どうせ映画館はガラあき　本も読めない
晴れた空から不意に大きな声が降ってくる
でも響くばかりで何のことだか聞きとれない

こんな具合にずっと昔も　たしか真昼に
煙たい声が聞こえてみんな泣いたというが
そんな話が本当にあったのかしら
道を歩けば汗をかくばっかりなのに

あたしは日曜日に生まれて日曜日に死ぬ
誰のお世話にもなるつもりはないけれど
この世界はいったいどこまで続く気なのか
七日目ごとの空白を律義にくり返し

家々の屋根が……

家々の屋根が濡れて光って
崩れ残る楼台の影も動かず
人の世がどこまでも静まるとき
その　モノクロームの景色の中を
さわさわとひろがってゆくさざなみがある
夜にはどの猫もみんな灰色　と
遠い昔のことわざは言うが
いま　私たちの血は青く透きとおり
爪の先からしたたるばかりだ

眠ってはならぬ
夜明けまで目をあけておらねばならぬ
だが　その夜明けはいつ
どんな具合にここへ来るのか
それまで呼吸は途切れずに続くのか
ぽたりぽたりとしずくが垂れ
遠い昔からの街がまだひっそりと横たわる

手あぶり

夜の奥の灰の底の　ほのかな埋《うず》み火へと
かじかむ指をかざしたとき
それは　手を暖めるためだったのか
それとも　その　よるべない
たった一つ残った火種を
吹き消さぬように守るためだったのか

いずれにしても　そのままで
静かに息が凍えてゆく

てのひらにさからわない
小さな小さな乳房の重み

引地川《ひきじがわ》

蜃気楼《しんきろう》の漂う渚へ向けて
しらじらと川は曲がって行く
日の出橋　それから稲荷橋
夕凪が蒸して視界を包む
人よりも賢いものは
とうの昔にここを去った
人よりもしぶといものは
そこらあたりの草むらにいまもひそむか
擦りガラスごしにひろがる景色のように

潮がゆったりと川面《かわも》を持ち上げ
龍宮橋　そして鵠沼《くげぬま》橋
行き交うもの　さらに　ひきもきらず
水はひたすらに重く
笛は遠く
立ちこめる靄《もや》は霽《は》れるすべなく
鴉ばかりがさっきから啼き立てる

石段道の眺め

ゆるやかな石段道にゆるやかな雨
低い土塀のうしろの植え込みからは
湿ったものの匂いが立ち籠める
ゆるやかな石段道をとぼとぼと
登ってくる人の買物袋
ところどころの踊り場でいっとき息を入れながら
坂の下には　雨などにかかわりなしに

白い四角い建物を並べた街　墓地をさながら
あちらこちらに卒塔婆に似た広告塔が立つ

かつては　ひろびろと水の景色に
黒い瓦屋根が細かく波立ち　ときには光り
鳩が舞い　幟《のぼり》が流れ　その中へ
大浪のように寺の甍《いらか》が持ち上がっていたが

いつか砂がすべてを埋めた
風のまにまに吹き溜まり
草を枯らして根を絶やす砂が

一輪車で遊ぶ少女

一輪車で遊ぶ少女は　並び立つ集合住宅の
棟の間を漕ぎ出して
日溜りへ
枯枝の影と　落ち葉と　煉瓦の目地の
入り組んだ網目の中へ乗り入れる
バランスをとろうと腕をひろげ
細い背中をよじるとき
うなじが一瞬　光を撥ねる

眉のあたりに力をこめて
人声のない　乾いた広場を
二度めぐり　三度めぐり
まだ描かれたことのない軌跡をなぞりながら
その糸を遥か遠くまで伸ばしてやる

時も日差しも移らない　束の間のこと
もっと大きな傾きに誘われるように
彼女はひたすらペダルを踏み
影を踏み
自分だけの回転木馬を黙々とまわし続ける

まごむすめ

くさめくさめ
わがまごむすめ
私の記憶の棗《なつめ》の中には
生まれたばかりのおまえがいまもいて
窓に涼しい風が渡ると
彼女もやはり嚔《くしゃみ》をする
そう　私の顔を見るとぴょんと跳ねる
目も鼻も頬《ほほ》もくちゃくちゃな女の子はどこへ行った

公園のブランコや鉄棒の
とめどないお喋《しゃべ》りに変りはないが
その歌が次第に私から遠くなる
子守に背負った人形　おはじき代りの碁石
いくつもの遊び道具を置き去りのまま
抱くにはもう重く　いまさら抱かれたがりもせず

けれどわが記憶の嚢には
生まれたばかりのおまえがいまもいる
月夜の庭の芝生の上で
私の腕に丸くなって眠った彼女が
それを揺すって歌った私の歌が
噫といっしょに思い出される
くさめくさめ
わがまごむすめ

さてもこの週はいつ終るのか

むなしい塔

風のむこう

これほど風のすさぶ土地にも
そこを故郷とする人がいる
風はなだらかな裾野を吹きおろし
そこを過ぎてもっと遠くへ
砂埃にけぶったまま果てしなくひろがる野の方へ
とめどなく押し出して行く

だから人は　野の果てから故郷へ帰るには
いつも風に逆らわねばならなかった

機関車は闇に火の粉を散らさねばならなかった
帰ったからといって　風と水と石くればかりの
広い河原が待っているしかないのだが
それでもそこは　人が若かったころに　ひとり
遊び暮らした幸福の場所であるには違いない

風はいまも変らず渡って行くが
その風の奥に　あのころにはなかった欅《けやき》の並木道が
ムクドリを賑やかに宿らせる
新しい道路が開かれて
樹木がみんな伐られたことを嘆いた人は
その重く繁る並木の下を　さて　どんな思いで歩くだろうか
それとも　河原に近い松林の
もっとずっと高い枝に風が鳴る方を好むだろうか
袷《あわせ》の腕を組んで　遠くを見て

どこへもう　外《ほか》の行くところさへありはしない　と
悲しげにつぶやくだけだろうか
そうつぶやくことができるうちはまだしもよかったのだが

そう　人はつまり無用の存在だった
高名な医師の家の愚かな息子
遠い国の調べを追って　浮かれ歩いて
一銭で売るべき無用の本を書き続け
何かをしようとするたびに追い詰められて
岸辺から追い落とされんばかりだった
だが　おのが一生を敗亡と断じたとき　人は
それをただの過失だったと　本当に信じたのか
父の墓前に首を垂れ　世の人々に謝罪する
そうなれば　あとは湖水まで坂を駆け降りるほかはない
敗亡の道ならばそのあとも多くの者が辿った筈だ

その長い列がどこまで続いたか
この世の悲惨の味にまみれた新しい詩がいつ生まれるか
その日まで生きていられなかったのは
人の責任だとばかりも言えなかろうに

窓ガラスをひとしきり風が揺さぶり
人気《ひとけ》のない廊下のはずれから
じぼ・あん・じやん!　と時計が響く
まどろむ者の夢の中では
その錆びついた音だけがあとへ残る
じぼ・あん・じやん!　じぼ・あん・じやん!
まるで葬列の音楽じゃないか
まあいい　どうせそんな音しか私たちは残せない
万国の言語を話すという金属の喉のしわがれぶりを
音のまましるしとどめておきさえすれば

そんな狭いところへ追い込まれた何者かが
なおも生き続けるべくそこにしがみつくだろう
歌うのだ　時計　唸るのだ　風
君らの叫びの中にしか　もはや人の居場所はない

風の中で人は孤独だった　どうして孤独でないわけがあろう
孤独なんぞにおちいらぬよう
充分に手を打っておいたつもりでも
その手がことごとくはずれたのだから仕方がない
飢えた者はまだたくさんいる
飢えた者はみんな孤独だ
もう忘れてくれ　荒ぶらずに鎮まってくれ
その青銅の目を大きく見開いて
半世紀あとにまだ負けいくさを続けている者たちを哀れんでくれ

私は今日　小さな荷物をもてあましながら
街のはずれが不意に河原へと落ち込む橋のたもとで
吹きつのる風のむこうを眺めようと瞳をこらす
目路の尽きるあたりから何がくるのか
それとも何もこないのか
目に力をこめればこめるほど風がしみて
涙だか目脂《めやに》だかが視野を曇らせる
あの欅並木もぼつぼつ葉を散らすころだ
ムクドリはもうどこかへ去ったろう
ここは私の故郷ではないが
故郷へ行けば私もまた孤独でいるしかあるまいな
そんなものを淋しさと呼んでいいものかどうかは知らないが
人はそう生きた　それしかなかったのだ

むなしい塔——渋沢孝輔の思い出に

そう　私もまた塔を建てよう
陀羅尼経を収めた百万塔の
ほんの一つくらいの大きさの　ささやかな塔を
失われたボーヴェーの塔　あるいは
いつかロッテルダムで見た巨大な塔の絵
それに近い構想だけはいまだにあっても
そんなものを建てる力はもう残っていない

病室の窓から詩人は何を眺めていたか

モンスの監獄の上の静かな青空か
それとも　愚かしいわざくれが崩れたあとの
虫食いだらけの街の　屋根また屋根
私はいま何も眺めていない
目に映るものはあっても何も見えない
私が初めて何かを眺めわたすのは
きっと　やはり病室の窓からだろう

黙って立ち去った詩人よ　あなたの
最後に伝えようとしたものは何だったろう
孤立無援のうちに死んだ　もう一人の昔の詩人の
ゆかりの公園をレインコート姿でひとりぶらつく
あなたの不確かな足どりがなつかしい
ポケットに入れた両手を
ときには意味もなくひょいと出したりして

だが　あなたはその手に何も持っていない
意味もなくそれをふたたびポケットに戻すだけだ

——思うという行為が私に来る
そう　いっそ塔よりも巨木にするか
しなの木　でなければ　ははき木
育つのに何百年かかってもいい
この境内にも欅《けやき》と楠《くすのき》がそびえていて
欅はまだ枯れ枯れの梢をさらし
楠は常緑の葉を房のように盛り上げる
向こうの陽だまりには紅い梅もちらちらして
そして　長い孤立無援の日々だけが私に残される

樹下

（2015）

一の章

樹は　私の背後から
小屋の屋根越しに枝を伸ばして
窓の前で葉裏の先を揺らす

私を誘おうと見えかくれする
高みから垂れた糸の先の
毛針のように

身じろぎせずにその誘惑に身をまかせ

葉の一枚一枚が別々に揺れるのを眺めていると
時は止まり
あとはまぼろしのように遠い景色ばかり

*

樹の下は涼しい
そして　ときには暖かい
腹さえ減らねばどこへ行く必要もない
至福とは　ただ動かずにいることか
それとも涅槃《ねはん》か
窓の外は一面の光
暗がりにひそんでいる限り
外から誰にも見られずに済む
樹が　冬　葉をことごとく落したときにしか

私の目に空は差しこまないし
肌や骨を陽が灼くこともない
それが私にはこころよくて
野のまばゆさに目が細まる

＊

樹は記憶のない昔からそこにあった
物ごころついたときにはもう葉先が揺れていた
つい笑い声を立てるほどに
それを追うのが楽しかった
目に見えるてのひらや爪がたしかに私そのものであるように
葉が揺れるのは私の髪を風が吹くのと同じだろうか
樹があって　私がいて
その二つが実は同じことで

私の背中は部厚い樹皮
葉や枝を眺めながら幹を一向に目にしないのも
自分の背中を見ることはできないからだ
ときとして　こそばゆく
また　うずたかく
相も変らず樹はそこにあり
相も変らず私を誘って葉先を揺らす
私が気づいているといないとにかかわりなく

*

頬杖をついて
目でほほえんで
小鳥の群れの
訪れを　待つ

鳥の来る日は
朝からそれとわかる
照り渡る野づらが
粉《こ》を吹いているから

突如　一息に
無数の羽ばたきが樹を襲い
けたたましく啼きかわす付点音符がふりかかる
空気がふるえ
壁が揺れ
葉むらの末にまでさざなみが立ち
驟雨のざわめきが地に満ちる
屋根にせわしく当るもの
軒を転がるもの

その下で私はひろがり
死体のようにふくれあがり
小屋は私でいっぱいになる

ひとしきりのあと
潮は引く
大きな水が　いったんは私を満たして
また立ち去る
そしてもう二度とは来ない

＊

私がいなくなれば樹も消えるのか
大きな影の倒れ伏す手間さえかけず

ひろびろと伸びた枝や葉や
地の底をまさぐる根の先までが
私と一緒に消え失せるのか
煙　煤　灰
ぱと打ち散って何もない
それがいいとか悪いとか言うのでなしに
樹とはどうやらそうしたもの
持ち運ぶわけにも行かないのだから
惜しんでみても始まらないよ

大きな大きな年輪のようなものに背中を押されて
私はここで老い
いずれちっぽけなむくろとなる
そのときは　もはや　私を被う布もあるまい

二の章

ついさっきそこで揺れていた葉が
ふと思い立って枝を離れ
ゆらゆらと闇に消えて行くとき
樹は　それがなおも自分の一部だと
もしくは一部だったと
信じ続けるつもりだろうか
やがては自分の居場所のまわりに
執拗な堆積をなすそれを
なおもわが指先として記憶する気か

雲が飛び　鳥たちが姿を消し
風が枯葉を遠くまで転がすとき
散らばり　砕け　形も居場所もなくして行くものらを
いつの時点で忘れるのか
ずっと昔に抜け落ちた髪
生み捨てた子
あるいはマルセイユあたりで失った片方の脚
それがいまだに疼く日もあるというのか

疼きというよりはかゆみだ
だがどこを掻けばよいのかわからない
目を閉じれば自分はどこまでも続くのに
もはやかゆいところに手が届かない
かゆみはかゆみで　しかしたしかにそこにあって
内側から私はありありとそれを感じ

無駄と知りつつ背中をよじる
いったい私のどこを私はなくし
私のどこが私に残ったのか

彩色が剥げ落ちて
虫に食われ　穴だらけになった木彫りの
氏素姓も知れぬ　人の形をした像のように
雨ざらしのまま私はたたずみ
黙ったまま私の内側にいる

＊

この樹皮の粉は
目の病《やまい》に効く
気の病にも効く

抹香の役にも立つぞ

どうせ削っても削っても
樹皮はまた盛り上がる
ほとんどそれは樹の病だ
傷つくそばから癒えてゆく傷
頑迷な傷

この樹皮を煎じれば
わずらいを散じ
痛みを散じ
手足のふるえを散じる

おののきながら老いて行く
その愚かな手足の

＊

凍てついた野の果てに遠い地鳴りがとどろいて
何かおびただしいものが通って行くらしい
そうやってまた一つ　古い都がすたれるのだろう
根を張って立っていたときから雪崩の姿に見えた　あの
巨大な石材が　あるいは漆喰が
土煙をあげて崩れ落ち　崩れたあとも
やはり雪崩の姿に見えるだろう
悲しみは悲しみのまま掘割に浮かび　誰ひとり
それを掬い上げようとしないだろう
そして日暮れ　一つの声が吹きわたる
歌っているのか

獣の群れを呼び集めるのか
薄闇に　いつやむとも知れず流れ続ける声

《待つのだよ
雪崩の隙間から
またいつか
一本の樹が伸びあがり
すべては劫初に戻るだろう

待つのだよ
またいつか
蟬の啼く日も来るだろう

待つのだよ……》

＊

行き過ぎる者たちは知らない　ここに私がいて
ここに一本の樹があることを
道筋はいつかここを離れ
水場は遥かに遠く
樹がひたすらにしたたらす露は
ことごとく地に落ちる
むなしきかな
劫初からここにいる私ですら
味わったおぼえのない甘露
追憶の冷たさ
それを旅する者たちが知るわけはない

樹の垂らす影　それが私だ
ひるがえる葉裏　それが私だ

三の章

枝の先を日が落ちて行く
赤と黄のしずくを垂らして
大きなくだものに似た日輪が
葉むらより低く
野の向うへとずり落ちて行く
飛ぶものはみなどこかの巣に帰り
世界が不意に奥行きを増す
私のためにではない
私はただそれを目でうべなうだけだ

日が落ちても日なかの暑さは薄れない
陽炎《かげろう》が野づらに立ちこめ
遠いものをことごとく影絵にする
そこを大きな河が音もなく流れていて
水のおもてがたぶん私の目の高さにあるのを
樹の下に坐ったまま私は感ずる

そう　すべては流れて行く
ここにいる私も　野も
頭上を覆うこの枝葉も
樹も
同じ速度で絶え間なく流れ
運ばれ
やがて地の果てに没するさだめだ

そのゆるやかな移動に耐えて
流されることに慣れねばならぬ

そうして夜が来る　部厚い闇が
徐々に私の小屋を押し潰す
大きな魚の胎内に呑まれたような
星のない暗黒の中で
私はなおも移動を続けて
いつか　知らぬ境涯に投げ出され
すべてを劫初から辿り直さねばならなくなるかも知れぬ
そのとき私の手は　てのひらの皺とともに
なおも私の手であってくれるだろうか

＊

物ごころついて以来ここに坐ったままの私に
険しい山を越えた記憶があるのはなぜか
月に照らされた氷の断崖を
恐怖もなしに見上げたような
そんな思い出があるのはなぜか
あれは美しかった
冴えていた
雪渓がどこまでも続いていた
だが　そんなところへ　いつ
私は行ったことがあるのだろう
行ったとして　どのように行ったろう
やはり歩いてか　この足で
おそらくは跣足のままで
それとも誰かに背負われてか

とはいえ　足が何を記憶していよう
膝を曲げて坐った私の手の下に
一つのこわばった足裏があるのを知り
私は闇の中でそのざらざらの皮膚を撫でる
しかし私の足裏は撫でられるのを感じない

＊

闇の中では樹も見えず
葉の揺らぎも見えない
風があれば葉のそよぐ気配だけはするが
むしろそれは葉よりも風の音だろう
たとえば冬　樹が
ことごとく葉を失ったあとも
風は高らかに枝を鳴らす

闇の中で私はそれを聞き　風が遠くへ
私の思念の届くよりも遥か遠くへ
樹を運んで行こうとするのだと思ってみる

＊

樹の下にいて　目を閉ざし
私のすべてを樹にゆだねる
樹よ　縁あって
私の闇を覆うものよ
私のあるべき姿がおまえでないと
誰が知ろう

それともおまえの葉の一枚一枚が
開かれた目であったのかも知れぬ

何を見るとも知れないまま
うずたかく茂り　重なり合い
途方もなく高いところでひるがえる
そんな目のひとつひとつが
どれもこれも私のものであったのかも知れぬ

無数の目に映る無数の像が
すべて同じものであるかどうかはわからない
たとえ同じだったにせよ
私には確かめようがない
私はいま目を閉じているのだから

*

いつとはなしに葉が黄ばみ

いつとなく窓が明るみ
やがてあらゆる葉が遠く飛び去る
そんな日が　いつかまた訪れよう
そのとき　しかしすべては凍え
霜が立ち
幹の中を何かが伝い昇るさざめきも停止しよう
それもまためぐりのひとつ

けれどもふたたび春が来て
樹が芽吹き
枝がよみがえるとき
凍えたむくろにもよみがえりが訪れるかどうかを
黒く干からびた木の実は知らない

四の章

今日　誰かがここに供えて行った
赤ままの花
とんぼの羽根
眠っているうちに病室に運ばれて来た
時間遅れの食事のように
いつのまにかひっそりと置いてある

これはたしかに私のためのものだろうか
そうだとして　それを私はどうすればいい

手をつけずにおいて
干からびるのを待つしかないか
いつかは僅かな風がそれらを吹き払い
地の上を動かし　遠ざけ
あたりに散らばる枯葉や芥と見分けられなくするだろう

それでもそれは　やはり私のためのものか
それをそこに置くことで
誰が私に何を言いたかったか
願いごと　それともただの挨拶
ほんの通りすがりの善意　ちょっとした揶揄
乾いた土に足跡も残っていない

ほほえむことも
当惑することもできずに

私はそれを放置する
それがすなわちそれを受け入れること
誰とも知れぬ者の
何ごとかわからぬ意思を
ただ黙って受け流すこと
それがおそらくは樹のならいでもあろうから

*

幹の膚《はだ》に
茸《きのこ》が宿り
固く膨れ
盛り上り
数がふえ
そしてある日

不意に崩れて
影もなくなる
あとにはただ
粉のようなものが
そこここを汚して
こびりついて残る

根を持たないものたちの　それが悲しみ
ほんのひとときの湿り気だ
私の尻の下にわだかまるのと同じような

＊

冷たさの波が野の方から打ち寄せて
樹が一度に葉をふるわせる

ひとしきりしてそれが収まったとき
野はすでに雨に閉ざされる
白いとばりが視野をさえぎり
物音がとだえ
あらゆる訪れが断絶する

しぶきが立つわけではない
雨脚が繁るわけでもない
ひたすらにしとしとと
広い野を降りこめ
私の中にも降りこめる　雨

葉むらが水滴を落すのはまだ先だ
屋根をとぼとぼと叩く音はまだ聞こえない
だがそんなものを待つより先に

私の内側が水に満ちる
皮膚のすぐ下にまでみなぎって
手や足の指先にまで行きわたり
目や鼻や耳にもあふれ
少しでも体を動かせば　たぷたぷと揺れてやまない　水
無辺の水

奇妙なことさ　この私に
これほどの容量があったとは
やがてこの水が身から泌み出し
私もくろぐろと濡れるのだろうが

*

背中の　左の肩甲骨のうしろあたりに

濡れたまま貼りついている一枚の葉
本当は何だかわからないのだが　たぶん葉だろう
とかげではあるまい
動く気配がまったくないからね
その感触がひんやりとこそばゆくて
そこから全身が冷えて行くようで
しかし　そいつを剝がすことが私にはできない
幹に背をこすりつけられたらいいが
樹はすぐうしろにあって　しかも無限に遠い
どうあとずさりしても届かない

いつかそれが乾いて　ひとりでに剝がれ落ちるまで
居心地の悪さに耐えるしかないらしい
いまできるのは　それを忘れることだけだが
忘れるより早く私は冷える

しかし　そいつが消えるのは　いずれにしても
私が忘れてしまってからのことだ　わかっているさ

＊

枝の間に巣をかける蜘蛛
巣の糸にかかる水の玉
あるいは枯葉
雨があがって　薄日がさして
野にいつか広さが戻る
もう何度　それをくり返したことか
そしてあと何度　それをくり返すことか

五の章

どの樹にも　それぞれ間違いなしに
無言の祝祭の日が訪れる
そのとき　樹は　人知れず装いを改めて
思いがけない何かを浮き上らせる
――何かが輝き　噴煙のように沸き立ち
途方もない速さで音もなく周囲にひろがる

そのときの樹の　満ち足りた表情が
さわさわと鳴り急ぐ葉のざわめきとなって聞こえて来る

その日が過ぎると
樹は再び長い沈黙に籠り
樹の内側では年輪がひとつ　こっそりと数を増す
だがそれは　樹を切り倒さない限り確認できない

*

樹の下に置かれた小さな石塊の中で
年を重ね　摩滅しかかった人の形が
指を立て
黙ってほほえんでいる
そのほほえみがいつからいつまで続くのか　私は知らない
そのほほえみを私のものとすることが
それこそいつの日に　あり得るだろうか

私もそのように老いながら
少しずつ摩滅するのに違いない
そしてある日　思いもかけず
私もまたほほえんでいるに違いない
音もなく忍び寄る冷たさを
黙って受け入れているに違いない
運命だとか　宿命だとか
大きく振りかぶった話ではなくて
樹の枝から雫のしたたるような
ほんの当り前の出来事なのだ　それは

＊

仮にある日　私がここから消えたとしても

樹は何ごともなくここにあるだろう
だがもし　樹の方が先に姿を消したとしたら
私はもはやここにいることすらできない
私がよりどころにしていた樹の根　枝々の影
私を包んでくれていた葉むらのざわめき
それらを失くした私はもはや私ではなく
二度とほほえむこともできまい
私の日々は荒れた河原のような
石くれだらけの旅路でしかなくなるだろう

＊

樹の下にいる私よりさらに下へ
樹は　鱗のない蛇の絡まるような
逞しい根を張りめぐらせている

乾いた土地の　私の知るよりずっと深い層から
音もなく水を吸い上げている
ただ　そんな地中での慌しいいとなみが
私の目に届いて来ないだけの話だ
地の底で長い日々を送る夥しい虫の幼生の
あるいは
手さぐりで根毛をさらにひろげようとうごめく植物の
とめどない食欲
それを私は思い描くことさえできない

樹の下にいて　じっと動かず
樹のしたたらすしずくを浴び
樹の枝の下をすかして遥か遠くに目をやり
蔭のない　灼けただれた野を眺めては
いつの日かそんなところへ帰ることも

あろうかと　思ってみる
あそこでは　きっと私は
一日とたたずに干からびて　血液も涸れ
二度と動けなくなるだろう
どうしてそこへ戻らなければならないのか
ひそかに心を決めて
もう帰らないつもりでそこを離れ
ここへ来てこうして坐り込んでいるのではなかったのか

樹の下にいることの
安穏
それが私を眠りに誘う
樹の下の　冷えこむ蔭
それが私をほほえませる
眠ることはほほえむことと一つだ

それが私よりずっと下の方の
絡み合う根
入り組み張りめぐらされた根の網の中へ
私をゆっくりと降下させる

*

月の出を待つ間の
明るむ闇
いつかその光がここへも射すだろう
何ごともゆるやかに　ゆるやかに
いますぐでなくてもいいのだよ　だから
草の芽の萌える速度で
多くの動物たちが気づかないほどのひそけさで
ちょうど蛾が羽根をひろげるように

ここへも届いて来たまえ　待っているから

終《つい》の章・樹下の暮らし

大きな樹の下に棲みついて
いつも少しづつその樹のことを考える
春の新緑　夏の木漏れ日　そして紅葉と落ち葉
それがたぶん　暮らすということの意味なのだろう
ほとんど動かずに坐ったまま
まったく移動しようとしない樹を見上げ
それでも何かがゆっくりと通り過ぎて行くのを感じる
時には頭上の枝をそっと揺らしたりしながら
どこか遠いところへ滑って行こうとする何かが

私にはまるで無縁の　しかしこの上なく好ましい
囁きのように聞こえて来る

孤高という言葉は
おそらく樹にこそふさわしい
地面にほんの小さなてのひらをやっと拡げたときから
樹はすでに孤高なのだろう
姿が丈高いかどうかは問題にならない
たくさんの同類が並び立っていてもかまわない
樹は一本ごとにその樹ひとりだけの高さを持ち
それを誰とも共有しない
無数の小鳥の群れが訪れて
まるで襲撃のようにけたたましくさえずりかわしても
樹は啼き声の中で静かに立っているだけだ

そう　そして落ち葉
音もなくゆるやかに舞い落ちるものたち
それは枝から降るのではない
もっと高い　遥かな天の雲から
ひとひらひとひら　雪のように降って来るのだ
地に落ちて　なおも終らずに
風をそそのかして身を運ばせ　ひるがえり
生き物のように素早く走り回り
最後にはどこか知らぬところへ消えて行く
その間にも枝にはもう次の年の芽がのぞいて
用心深くあたりをうかがっている

樹よ　なおもあと一寸の高みをめざして
裸になった梢を宙にさしのべる者よ
私よりもずっと以前から

この場所に身を置き続けた精霊よ
許せ　おまえの根方にうずくまって寒さに耐えている
おまえよりもずっと寿命の短いほんのつかのまの命を
――おまえの場所を奪いとるつもりは　私にはない
おまえにとって代わろうとも思わない
思うままに枝を拡げて　一つの空間を大切に確保してくれ
その営みのそばでひとときを暮らしたことが
人の知らない私の誇りとなればいい　それだけでいい

解説

詩そのものの存在証明に向けて

野村喜和夫

0　はじめに

安藤元雄は、大岡信、谷川俊太郎らのいわゆる「感受性の祝祭」の世代と、天沢退二郎、吉増剛造らの「六〇年代ラディカリズム」の世代とのはざまにあって、独自の道を歩んできた。すなわち、一方で象徴主義的な抒情詩の流れを汲み、その意味ではまさに正統を行く詩人として、同時にしかし、シュルレアリスム以降の文学の動向にも通じた先鋭的な詩意識の持ち主として。

そこでまず、正統的な近現代詩を律する命題とは何か。ひとことで言うならそれは、われわれという存在のいわば地をなす何かしら語り得ないものを、言葉すなわち図として浮かび上がらせようとする野心であろう。安藤元雄も当然、そうした詩作の態度に忠実であった。

ついでに言えば、安藤氏の年譜を眺めていて、少年時代の項に「天文学にあこがれる」とあるのが眼に止まった。私にもそういう傾向があったので言い知れぬ共感をおぼえたのだが、同時に、ふと思い至ることがあった。天文への関心こそ、ある意味で将来の詩人安藤元雄を予告するものではなかったか。漆黒の天空とそこに浮かび上がる星の光、そして星座というその光の布置は、いま述べた存在の地と図、あるいは語り得ないものと言葉との関係を類比的に示しているであろうからだ。

ともあれ、なお驚くべきことに、そうした詩作の態度は、すでに初期の作品のなかにそれとなくメタポエティックとして言明されているのである。

死んだ瞳孔を見開いたまま　鳥たちは
めぐるのだ
大きな肉体の内壁のように閉ざされた
触れることのできない空の奥の
古くから刻まれた一つの名前
の周囲を狂おしく

第一詩集『秋の鎮魂』（一九五七）に所収の、「血の日没」（このタイトルからは、ボードレールのあの有名な「夕暮のハーモニー」の詩句、「太陽は　われとわが血のなかに溺れて　その血も凝り……」が想起されるが、後年安藤元雄は、『悪の華』の現代日本語訳に心血を注ぐことになる）という詩から引いた。以後、「触れることのできない空の奥の／古くから刻まれた一つの名前」をめぐる探求が開始されるが、しかしそれは安藤氏に極端な困難を強いたようだ。そのような「名前」は容易には発見することができず、むしろその「周囲を狂おしく」まわるという、徒労あるいは発見の不可能性にさらされることにもなりかねないからである。この否定的側面は、安藤氏のやや年長の詩友である渋沢孝輔や入沢康夫の詩作に、逆説的ともいうべき言葉のあふれとなってあらわれているが、安藤氏の場合は、むしろ端的に、寡作という結果を導いたようだ。第一詩集『秋の鎮魂』から第二詩集『船と　その歌』までなんと十五年、またそれから第三詩集『水の中の歳月』までも八年かかっている。また、氏がこれといった詩のグループに属してこなかったということも、いま述べた事情と無関係ではあるまい。つまり孤高である。

先鋭的な詩意識について言えば、これも抑制的な方向にはたらいている。これみよがしなテクスト表層の華やかさとは、安藤作品はどこまでも無縁である。方法的な冒険は先輩の入沢康夫に任せたようなところがあり、そこから一歩退いた控え目な位置から、だがもちろん、凡百の抒情詩にありがちな作中主体と作者との無媒介的癒合には注意を払いつつ、あくまでも実質的なポエジーの表出をめざそうとする詩人、それが安藤元雄なのだ。なお、影響関係としては、卒論にも選んだジュール・シュペルヴィエルのほか、ボードレール、立原道造、福永武彦、そして同時代からは前述の渋沢孝輔、入沢康夫などが挙げられるだろう。

正統、寡作、孤高、控え目。だがその結果、日本現代詩の世界に、きわめて濃密な、そして十分な深さとひろがりを得た、比類のない詩の空間がもたらされたのである。安藤元雄の詩作はこれまでに九冊が刊行されているが、以下、それらを時系列に沿って辿りながら、その詩の空間のエッセンスを浮かび上がらせてみよう。

1　二重の出発

『秋の鎮魂』（一九五七）は詩人二十三歳のときの処女詩集である。すでに言葉は選び取られ、静謐かつ典雅な趣をみせている。若書きに特有の放縦さや客気などもほとんど見受けられず、それらの事後から書き出されているような印象さえある。基調は暗いトーン。詩人の実存は何かしら閉塞した世界に置かれているようだ。舞台が都市であろうと高原であろうと、それは変わらない。生来の気質のほかに、時代の空気もあるかもしれない。巻頭に置かれた短い詩の末尾に「そして小麦はことごとく失われたと」とあるが、このいきなりの喪失感は、やや年長の飯島耕一によって、同世代的な親近感をもって指摘されている（『現代詩文庫・続安藤元雄詩集』)。そこに死の予感がさらなる翳りを与え、奇怪な幻想がよぎることもある(「黒い眼」など)。だが同時に、そこからときおり、ある種の根源的な場所として、海が予感ないしは遠望されている。

ああ、おまえは信じるだろうか、この壁に遥かに海が秘められて
いるということを。

この内的な「秘められた海」の設定から安藤元雄の詩的世界は起動する。そのさまを捉えるのに、この詩集に寄せられた福永武彦の「序」を参照するに若くはない。「しかし風景が彼の内部に沈んで来ると、そこで意識の物たちは埃っぽい現実を捨象して、暗い澱んだ瘴気を漂わせ始める。抒情的な風景から心象の描く内部風景までの間を、安藤君は立ち止まったり歩いたりしながら、段々に彼自身の『国』の方へ僕らを案内する」。また、「物語」「メルヘン」「神話」「ロマン」といったタイトルが目につくこともひとつの特徴だろう。ただの心情の表出やイメージの提示ではなく、詩人は何かしら物語ることを——ただしあくまでも詩形式において、物語ることのすでにして半ば不可能性のうちに——志向しているようだ。

しかし私たちは、その後の安藤元雄の足跡をやや見失う。第二詩集『船と　その歌』(一九七二)まで、『秋の鎮魂』からなんと十五年が経過している。ほとんど沈

黙――もちろんランボーのではなく、ヴァレリーのそれを想わせるような――といってもいいくらいの期間である。『船と　その歌』は、いわば安藤元雄の二度目の詩的出発を告げている。この間、何があったのか。前記年譜によれば、表題作「船と　その歌」は比較的早く（一九六一）に発表されているので、詩作の中断は、通信社の記者として激務にあった数年間にかぎられるようだ。むしろ冒頭にも書いたように、寡作というこの詩人の傾向が強くあらわれた結果、作品から作品へ、沈黙というよりは豊かな沈潜の時間――潜在的な詩作の時間といってもよい――が流れていたとみるほうが正しく、じっさい、『船と　その歌』の完成度には驚くべきものがあり、この詩集を通して、いきなり本格的な現代詩人の相貌があらわれたという趣なのである。

表題作「船と　その歌」に焦点をあててみよう。海の換喩としての船のイメージの登場が何よりも印象的である。同時に、船は何らかのメタファーであり、ある種の象徴性を帯びてもいる。「太古　半裸体の男たちが／おごそかに一隻の船をうずめた」。そこから船を復元し、海に漕ぎ出そうという試み。「おれ」のほかに「おまえ」と呼びかけられる人称があらわれるが（「君」という人称も出てくるが、これは自己への呼びかけであろう）、両者はオルフェウスとエウリュディケーに似てなくもない。「船」はオルフェウスの地獄下りのための乗り物でもあるか。だが、きわめてアイロニカルなオルフェウス的主題の転倒がある。「船」は「おれ」を置き

去りにしてひとりでに出航してしまうのであり、その結果、

そしておれの顔から天までの
ひろがりよ　空気の粒と光の粒の
まざり合う虚空よ　おれが死ぬのは　遂に
おまえを生き残らせるためだったのか！

壮大なスケールと重厚なイメージで語られる詩人の物語、あるいは反物語。前述した「いきなり本格的な詩人の相貌があらわれた」というのは、そういう意味である。つづく詩篇においても、長い沈思のすえに引き出されたというような幻想的なイメージの開陳が連続して、読み応えがある。散文形の「森」は、一面の不毛な砂の世界に森の豊饒が二重写し的に幻視される。自己と外界、あるいは主体と場所のありようを存在論的に克明に記述するというモチーフは、のちの名詩「水の中の歳月」を予告しているだろう。「雨が降る」も、聖杯探求譚を思わせる待機と宿命のテーマを扱って味わい深い。「顔」には朔太郎の「地面の底の病気の顔」との間テクスト性が認められる。だが、何よりも興味深いのは、「帰郷」であろう。人称を「君」「おまえ」「おれ」と換えながら、なんと海を棄却する行為が語られてゆくのである。内的な海、自己のうちに還元不可能な根源の場所として秘匿されていた海

を、外界へ、背後のありふれた「だだっぴろくひろがる」海原へと戻すために。だが、もちろん棄却は不十分なままに終わる。もし海がほんとうにただのありふれた現実の海になってしまったら、詩の行為も棄却されてしまうだろう。安藤元雄にとって海は、「秘められた海」は、ポエジーの胎そのものなのだから。ただ、棄却という行為を通じて、詩人は海に両義性を獲得させたのである。

詩集掉尾に置かれた「魚を眠らせるための七節の歌・並に反歌」は、冒頭の「船とその歌」と対をなす。「魚」が海の換喩であること、同時になんらかのメタファーとして象徴性を帯びていることも、「船」の場合と同じである。ただ、メタレベル的に読むならば、「船」が詩の行為あるいは作品のメタファーでありうるのに対して、「魚」はよりいっそう詩人主体に近い。

溶けてしまった魚
は　もはやひとしずくの
果汁にすぎない
魚よ魚よ　おまえの
髪が濡れるぞ

水のなかに身を置く想像的な主体。そう、ここにも「水の中の歳月」に通じるモチーフの萌芽が認められる。

2　達成

その「水の中の歳月」を表題作とする『水の中の歳月』（一九八〇）は、安藤元雄の詩業の頂点であるのみならず、戦後現代詩における屈指の名詩集であるといってよい。詩人の詩作に費やされた充実した時間は、そのまま、詩を読む悦びとして読者に還流する。

冒頭に置かれた「むずかしい散歩」は読み解きの難しい詩だが、そのことがまた作品の大きな魅力にもなっている。この詩を分析することは、現代詩のひとつの典型的なテクスト組成を浮かび上がらせることでもあると思われるので、以下に試みてみよう。

一枚の葉を記憶し
一枚の葉のあとを追い
それから　もっと奥
ふさがれた泣き声の方へともぐり込み
舵を曲げ

傾斜を滑り
ずるがしこく伸びる樹をまねて
もっと複雑な変奏にあこがれ
カードを積んでは崩しながら
川をわたり——この川には
始まりも終りもないらしい——
十年前の流氷をまだ忘れずに
そいつが溶けるまで
てのひらで暖めて　香りをかいで
娘たちの耳に見とれ
砂を撒き
鳥たちがやって来てそれをついばむのを待ち
証言を待ち
貧しい慰めを吸いきれず
草を流し声を流し
それから　もう一度
顔もあげずに川をわたって帰って来る

以上が全行。そもそも、何がいったい「むずかしい散歩」だというのだろう。たしかに、書かれた通りの道筋を辿ることは現実的に「むずかしい」。なにしろ、「十年前の流氷」まで登場するのだから。したがって第一義的には、「むずかしい散歩」とは現実にはありえない散歩という意味だろう。想像上の散歩。だからこそ、道順にとらわれない、自由な散歩。あるいは、いくつものとりとめのない記憶によぎられつつ行なわれる時間のなかの散歩。そこからさらに一歩をすすめて、メタレベルが導入されているとみることもできる。すなわち、詩作のプロセスがそのまま散歩になぞらえられている。冒頭の「一枚の葉」とは、最初に書きとめられた、あるいは少なくとも想起された「言の葉」であり、それを追って詩作が開始される。以下の多様なイメージは、詩の空間のうえで出会うべき諸事象ということになる。それらは相互に異質であり、あるいは遠くへだたっており、しかしだからこそ出会うべき価値があるとするのは、シュルレアリスム以降の詩学の基本だ。

それとはべつに、私はふと、アドルノが後期ヘルダーリンの詩の語法について述べた「パラタクシス」というタームを思い出す。文ないしは文の成分の並列を意味するギリシャ語で、文の諸パーツが単線状にまた因果律的に結びついて文全体が構成されるのではなく、部分部分が対等の関係において連なり、平行しているような状態を指すとされる。アドルノによれば、文が調和的因果律的に整えられるのは書く主体の恣意にすぎず、むしろそういう主体を放棄し、言葉の働きそれ自体に身を委ねることによってこそ、言葉の本来的な生命が躍動する。「むずかしい散歩」にもこの「パラタクシス」が適用できるのではないか。

そのうえでさらに言うなら、途中にあらわれる「川」は、「パラタクシス」をつらぬく特権的なメタファーとして、そこからポエジーを汲むべき無限に豊かな潜勢力、いわば言語の阿頼耶識のことであろう。だがマラルメ以来、詩作には否定性が、不可能性がつきまとう。「砂を撒き」「証言を待ち」「吸いきれず」といった言葉の選択がそのことを暗示してはいまいか。詩人は「顔もあげずに川をわたって帰って来る」ほかないのである。詩作という散歩はかくもむずかしいのだ、とでもいうように。「むずかしい散歩」は、このように、文字通り難解なテクストの相貌にみずからを閉じ込めながら、同時に幾通りもの読みの可能性にむかって開かれている。齟齬を恐れずに言うなら、現代詩のあらまほしき雛形のような作品であり、『水の中の歳月』の冒頭に置かれるにふさわしい作品である。

表題作「水の中の歳月」に移ろう。安藤元雄の名を一挙に高らしめた傑作である。散文形式が選び取られている。総じて安藤氏は、ひとつの主題に的を絞ってそれを掘り下げる場合には散文形式を、複合的な主題に向き合ってそれらの核心部分だけ伝えようとする場合には、「パラタクシス」的な行分け形式をえらぶようだ。ここでの主題はもちろん「水」。これまで晦渋かつ断片的に語られてきた自己と世界、主体と場所という問題系を、詩人はここで、水という物質を手がかりに、ある種思考実験のように、平明かつ包括的に語ろうとする。

　こうして上も下もない水の中で、辛うじて体の位置を保ちながら、私は待っている。水は私の鼻と口とを覆い、瞳孔に冷たく、そして私の耳は限りなく静かである。

　これが書き出しの部分（それなのに結果を示す「こうして」という接続詞から始まるのは、終わりが始まりへと接続される作品のウロボロス的円環構造を仕掛けるためかもしれない）。水のなかに住まうということはありえない話だが、それが奇妙なリアリティをもち得ているのは、水に身を浸したときに誰もが感じるある種の体性感覚がベースになっているからであろう。そのうえで、水は次第に象徴性を帯びてゆくように思われる。水のなかで主体は徹頭徹尾夢想的であり、静的であり、さらに言えば受動的である。そして何かを「待っている」。待つことは安藤元雄の詩的想像力にとって重要な主題のひとつであり、それがここで水という、あの秘められた海のテーマ系と結ばれていることはきわめて興味深い。待つことは時間の主題化である。そして時間の主題化とは、つまるところ死の主題化である。こうしたすべてが「水の中の歳月」という、いわばひとつの奇想を通して語られているのだ。これ以上はないほどに普遍的な主題が、同じくこれ以上はないほどに特異的独

創的に語られているのであって、傑作の傑作たるゆえんであろう。しかも詩人は、最後の最後に、

考えようによっては、この水は最初から私を包んでいたのではなく、むしろ長い間に少しずつ私の体から滲み出したものかも知れない。だとすれば、私は私の中に浮いているとも言えるし、私は私の中に沈んでいるとも言える。

と、内界と外界、主体と場所の関係をそっくり反転させてしまうのである。もちろんこれはヴァレリー風の自己意識の無限旋転（私を見る私を見る私……）とは似て非なるアイロニーであって、むしろ自己をある種の不気味なるものの領域に近づける。ともあれ、元素的な物質である水は、同時に、われわれの生きられる時間そのものの形象化でもあろうか。物質性と象徴性とのあいだを自在にゆききするこの詩的な水の不思議さに、われわれ読者もじっくり浸るべきだろう。

「冬の想い」は、静謐な抒情詩としての格調が高く、私のとくに好む一篇。とりわけ、

火焰
ほほえみ

という末尾数行に初めてふれたときの、言いようのない感動の生起は忘れがたい。「パラタクシス」の極致というか、光と影、火と水、人と事物、遠さと近さといった対立矛盾の相は、同時に、詩の想像的な空間においてひとつに融け合う永遠の相をも分かちもつかのようである。

つづく諸篇について言えば、多かれ少なかれ、詩的主体は「水の中の歳月」と似た様態、似たポジションにある。すなわち、受動的滞留的で、みずから移動して世界をわがものとするというより、何かがやってきて自己に入り込み、自己を変容させるのを待ち受けている。フランス文学で言えば、やはりランボーよりボードレールだ。そこに生じるさまざまな幻視や幻想が作品の眼目となる。おおむねは重く暗いイメージだが、基調に死の想念があるからだろう。したがって何かが決定的に到来してしまうということはないが、逆に言えば、絶対に経験できない死という出来事を、ならば想像的に比喩的に、その待機ないしは猶予の空間のなかにあらかじめ織り込んでしまおうという欲望が、この詩人には強くあるように思われる。

これはたとえばあのモーリス・ブランショのテーマに近いといえば近く、またべつの意味合いで、シュルレアリスム系の作家ジュリアン・グラックの小説世界を想わせもする。すぐれたフランス文学者でもある安藤氏がそうした系譜を意識しないはずもないが、それ以上に、オルフェウス的な詩人の非望、いや本源的な欲望というべきだ。私にとって安藤元雄がほかの同時代詩人の誰よりも詩人らしい詩人としてイメージされるのは、この欲望の強度のためにほかならない。しかも安藤氏は、それを抽象的観念的に述べるのではなく、あくまでも個々の具体的イメージの提示によって果たすのである。なかでも、「鳥」と「火の鳥」において、氏の想像的世界にとって重要な「鳥」という表象を、さきに述べたふた通りの書法——散文形と行分け形式——で書き分けているのが印象深い。

詩集掉尾の「橋」は詩集冒頭の「むずかしい散歩」と対をなす変奏。メタ性は薄れ、より現実的な散歩に近づいているので、読み解きはそれほどむずかしくない。「おれは時間　おれは川」と詩人は端的に言い切ってしまっている。あるいは「川という川は結局はどれも同じさ　なぜと言って／川は時間が横ざまに地上に置かれたものだろうから」。

3　達成以後

『この街のほろびるとき』(一九八六)と『夜の音』(一九八八)の二冊は、『水の中の歳月』からつぎの『カドミウム・グリーン』に至るまでの、緩徐楽章あるいは間奏曲のような詩集であると言えよう。詩人はひとまず高所を下りて、くつろいでいるようにみえる。『水の中の歳月』のあの、イメージの論理によって世界と主体の関係をつきつめようとする緊迫した詩的エクリチュールは、いったんその強度を解き、日常的な話題や夜の夢想のほうへゆったりと流れ出てゆくかのようだ。もちろんそれも捨てがたい魅力を放ってはいる。

そこでまず、『この街のほろびるとき』。表題作の「この街のほろびるとき」は、小品ながら、主体と場所とのねじれた関係を簡潔に語って、安藤元雄の詩的世界を理解するには好個の作品である。また、「見えない街への手紙」には、「見えそうでいて見えない一つの街、この地上に存在する無数の街のどれでもない、もしかしたらこの僕にしか見えないのかも知れない、いや、この僕にもいまだかつて見えたことのない一つの街のたたずまい。その街を、遠くから吹く風のように押し流しているであろう見えない時間」という重要なフレーズが見出される。

『夜の音』を構成する詩篇の多くは、夜の空間に集い来る不在の者たちとの交流を浮かび上がらせて、まさに幻想的な夜想曲のような不思議な雰囲気を醸し出している。ほのぼのとした悲歌の味わい、とでもいうべきか。「三つの影」は、「第一の影」「第二の影」そして「第三の影」にほぼ同一の文言を語らせる人を喰ったような作品だが、ボードレール『悪の華』中の特異な一篇「七人の老人」の反映があるかもしれない。

そして『カドミウム・グリーン』（一九九二）がもたらされる。ふたたび緊張度の高い詩的世界があらわれており、安藤元雄の作品史における第二の頂点といってよい。

とりわけ、その表題作「カドミウム・グリーン」。詩集冒頭に置かれ、圧倒的な迫力を放っている。

ここに一刷毛の緑を置く　カドミウム・グリーン
ありふれた草むらの色であってはならぬ
ホザンナ
ホザンナ
と　わめきながら行進する仮面たちの奔流をよけて
おれがあやうく身をひそめる衝立だ

「ここに一刷毛の緑を置く」と詩行は始まり、絵画行為が暗示されているが、いつのまにか絵は幻想的な現実の光景となり、「おれ」もそこに巻き込まれてゆくという展開。「おれもようやく仮面をかぶることができる」。いや、絵画行為は終始潜在しており、ときおり表層にあらわれる。このいわば複層的な詩の空間のなかに書き込まれているのは、ある擾乱的な街の光景だが、「ホザンナ／ホザンナ／と　わめきながら行進する仮面たちの奔流」とあるので、それはどこかキリスト教圏の祭礼の光景だろうか。

絵画行為といえば、読者のなかにはふとベルギーの「仮面の画家」アンソールを想起する向きもあるかもしれない。実は作者自身、この作品の背後にアンソールの大作「キリストのブリュッセル入城」があることを言明している（前橋文学館特別企画展図録『安藤元雄　『秋の鎮魂』から『めぐりの歌』まで』）。仮面をつけた群集が巨大な画面を埋め尽くし、街に歩み入るキリストを迎えているという絵だが、そのさらに背後には、聖書の伝えるイエスのエルサレム入城があり、イエスはそのとき偽善者たちを「白く塗った壁」と呼んだのだった。

ところが第二連、「装甲車は街角からひょいと顔を覗かせ」と、一転してデモか暴動を思わせる展開となり、さらに第三連になると、詩人の個人的な過去の記憶が呼び戻され、絵画行為は記憶と現在つまり時間軸のほうにあらたな次元をひらいてゆく。だが最終連、こうしたすべてがふたたび祭の光景に収束して、

ホザンナ
ホザンナ
カドミウム・グリーン
おれの仮面はまもなく落ちる

と、謎めいたコーダで締めくくられる。「おれの仮面はまもなく落ちる」とは、もちろんそこから素顔があらわれるというような単純な話ではないだろう。仮面とは生そのものの謂かもしれない。

補足的に言えば、文学的記憶もいくつか織り交ぜられ、テクストの厚みをつくりだしている。たとえば第二連に「こおろぎももう鳴かない／かつてあの広場で　憂鬱な歩哨のように／おれの通過を許してくれたこおろぎだが」とあるが、これはあきらかにアンドレ・ブルトンの名高い詩篇「ひまわり」の末尾部分を踏まえたもので、安藤元雄とシュルレアリスムとの距離を測ることができる。安藤氏の直上の世代は、飯島耕一や大岡信に代表されるように、シュルレアリスムにほぼ全面的な信頼を置いて、そこから詩の富を引き出そうとしたけれど、安藤氏はそうしたスタンスから一線を画し、やや冷ややかな眼でこの二十世紀最大の文学芸術運動を眺めているようだ。というのも、つぎの数行で、夢と行為との一致を思い描いたシュルレアリストたちの理念など、時代の趨勢のまえではひとたまりもないことが暗示されているからである。また、第三連で詩人の前をよぎる「若い女」は、ボードレールの「通り過ぎる女に」のあの忘れがたい場面を起点とする、「通り過ぎる女」の系に連なるものであろう。

こうして、この仮面のパレードが現出させる世界においては、すべてはすべてに流れ込み、嵌入しあい、したがってそれを一定の枠に収めようとする絵画行為は未完に終わるほかない。絵画行為をメタレベル的に詩作のメタファーとみるならば、生と詩作との渦動してやまない関係を、あるいは生から作品へと渡るプロセスそのものにある詩作のダイナミズムを、逆説的ながら起承転結を思わせるきっちりした構成のうちに書き切った見事な傑作、それが「カドミウム・グリーン」である。

つづく「ある転生のための下書き」や「垂れ流しの歌」には、アイロニーがきわだつ。世界と主体。生の無限と詩の有限。そのあいだに、嵐のあとの静寂の訪れのような、もはや待機というよりは諦念に近いようなエモーションが生じたかのようだ。「野が　どれほどに尖塔をそびえ立たせようと／この荒れた台地がおまえの場所」と書き出される「アンモナイト」では、なんと自己はアンモナイトの化石にたとえられてしまう。「死と停滞と否定の連続による、この洗練された銅版画集を見てゐると、強ひられた条件を受け入れてしかもそれに積極的に耐へようとする、何か強靭な意志に圧倒される」という丸谷才一の評言（『現代詩文庫・続安藤元雄詩集』）がぴったりだ。

詩集第Ⅱ部の「Ut pictura poesis」（ホラティウスの『詩論』にある言葉で、「絵画と同じく詩も」という意味）は、題名通り、欧州各地の美術館のいくつかの名画に触発された、それ自身イメージの歩廊ともいうべき連作になっていて、生と死、現前と不在をめぐる深い沈思が繰り広げられる。いや、より正確に言うなら、絵画はそれこそ可視的なイメージそのものだが、詩はそれを越えて、みえないもの、語り得ないものにまで言葉の触手を伸ばしてゆく行為でなければならない。この連作はまさにその当為の実践となっているかのようだ。なかでも、マドレーヌ（マグダラのマリア）の主題が二度取り上げられているのが印象深い。作者本人に問い合わせたところ、最初の「マドレーヌ」はカラヴァッジオの、つぎの「マドレーヌ　ふたたび」はジョルジュ・ド・ラトゥールの絵画がふまえられているとのことだが、安藤元雄はそのふたりのマドレーヌに「おまえ」と呼びかけながら（ジョルジュ・ド・ラトゥールの絵ではマドレーヌの膝のうえには髑髏が乗せられている）、最後にはつぎのように、絵画的表象を、待機と死の先取から成る自身の詩的世界の雛型のような場に変容せしめている。

油はまだ尽きない　でもいつかはそれも尽きる
やがておまえの髪がおまえの身を包むだろうように
私も私の歳月にくるまれる
膝の上のおまえの手の中にある褐色の
それだけが私のもの　ほかに何があろう
目をつむることさえできずに歩いて行く者にとって

4　変容と回帰

『めぐりの歌』（一九九九）は、「現代詩手帖」に一年間連載された十三篇の連作をまとめたもので、さながら、二十世紀末に居合わせた一詩人による、月のめぐりに合わせた詩の暦といった趣がある。それだけでもこの一冊には大きな意義があるといえよう。それぞれの詩篇には短いエピグラフが付されているが、おおむね安藤が偏愛する作家や文学者から採られているようで、それらと本文との照応を読み解くのもまた読者の楽しみのひとつとなる。

安藤元雄はフランス文学の翻訳においてもすぐれた業績をあげているが、そのひとつにマラルメの『折りふしの詩句』訳出（『マラルメ全集3』、筑摩書房、一九九八）がある。「この仕事が『めぐりの歌』の書き方につながった」と安藤氏自身がコメントしているのは見逃せない。「折りふしの詩句」の原語 vers de circonstance は「状況のなかから生まれた詩句」というほどの意味で、たしかに『めぐりの歌』も、この詩人の作品にしてはめずらしく四季折々の風物や外部の現実をダイレクトに反映した半即興的な書法が、ゆったりと流麗に展開しており、コメントはおそらくそのあたりの事情を指しているのであろう。

その書法を通して、あらたな境地がひらかれた。それは時間意識の変容と関係しているかもしれない。ある出来事の到来へと向けられた待機もしくは期待の心性、それが「水の中の歳月」や「カドミウム・グリーン」の時間意識であったとすれば、ここではむしろ、そうした終末論的な待機の時間は何も待つことがない現在のひろがりへと解消され、その現在が無限の「めぐり」として反復されることが願われているように思われる。なるほどそれは、城戸朱理の指摘するように(『現代詩文庫・戦後名詩選Ⅱ』)、「始源から終焉に至る直線的な西欧の時間意識ではなく、東洋的なスパイラルに循環する時間意識」かもしれないが、それだけではないだろう。老境を迎えつつある詩人自身の「人生の秋」の感慨もあるだろうし、もはや近代的な意味での未来が遠望できなくなってきているわれわれのこの二十一世紀という時代の空気も、あるいは予感されていたかもしれない。「9　夏の終り」の最終連を引いておこう。

鳥は帰ってこない
もういい　二度と戻るな
傾いた海をいつまでもめぐっていろ
白い帆も黒い帆もまだ見えないが
もういい　どんな舟もここへ立ち寄るな
岩をえぐる風　裂かれる泡

夜明けの灰色の光もまぶしくない
おれがここにいる間だけがおれの時間だ
ゆっくりと海をかきまわしている大きな軸の
ほんの一回転の間だけが

初期以来、この詩人に親しい表象である「鳥」と「海」と「舟」とが、ひとしく棄却されている。とはいえ、冒頭の「百年の帳尻」から掉尾の「千年の帳尻」へと、「めぐり」はひと回り大きな輪を描いて、「一度始まったものは尽きることがない」みずからのその無限のループを寿ぎつつ、巻を閉じる。

『わがノルマンディー』（二〇〇三）は、二十一世紀に入ってからの安藤元雄のはじめての詩集である。折にふれ書かれたさまざまな作品が集められているが、ひとことで言えば、事後ともいうべき醒めた心象の風景が書きとめられている。たとえば「越境」と「土饅頭」というふたつの散文詩。その意味では、『カドミウム・グリーン』の延長線上にあると言える。暗く荒涼としているが、わずかに追想と忘却のよろこびがそれを彩る。印象的なのは、はるかな昔、詩人の宿命を一身に体現した萩原朔太郎と、つい近年逝ってしまった年長の詩友渋沢孝輔へのふたつのレクイエム（「風のむこう」と「むなしい塔」）であろうか。

現時点で最も新しい詩作品である『樹下』（二〇一五）は、いっそうミニマルな雰囲気を醸し出している。「樹」と「私」と、登場するのはそれだけ。一瞬、ベケットのあの『ゴドーを待ちながら』の簡素きわまる舞台を想起させるが（じっさい安藤氏は、ベケットの翻訳を手がけたこともある）、『樹下』は、「私」と「樹」をめぐる、「樹下」の存在論ともいうべき深い詩的思考の結晶である。巻末の付記によれば、制作に二十年近くの歳月が費やされた。途方もない待機と忍耐の時間からもたらされた言葉の束は、井戸の底にきらめく光のようだ（そういえば、萩原朔太郎賞受賞を記念して行なわれた安藤氏の講演のタイトルが、まさしく「詩人という井戸」であった）。

「私」は樹の下に住んでいる。といっても、リアリズムの話ではなく、あくまでも幻想的な、あるいは、ひとつの思考実験のような状況設定として。そこから、「私がいなくなれば樹も消えるのか」とか、「樹」と「私」をめぐるひそやかなドラマが始まる。とすれば、あの「水の中の歳月」と比較してみたくなる。長い年月を経て、詩人は「水の中の歳月」の主題と方法に回帰したのであろうか。だとしても、それは同一的なものの回帰ではない。なぜなら、あの名高い作品では、やはり水と私という包み包まれる関係が書かれつつも、「そしてやがて私が水の中にいることを私自身忘れる日が来たとき、水はその冷たい悪意を完成させるだろう。」と詩は結ばれていたのだったが、「樹下」ではそうはならないからだ。より宥和的に、樹との関係が掘り下げられてゆくのである。ひとことでいうなら、もっとも本源的な意味での共生の実現に向かって。

孤高という言葉は
おそらく樹にこそふさわしい

そして、

その営みのそばでひとときを暮らしたことが
人の知らない私の誇りとなればいい　それだけでいい

これが、現時点における安藤元雄の詩の到達点である。

5　結語

もはや贅言を要しないであろうが、本稿の締めくくりとして以下の言葉を置きたい。安藤元雄を読むことは、今日なお存在しうる詩の本源的な経験と向き合うということであり、その悦びと、またその経験の困難さがもたらすアイロニーとを、ふたつながらに共有するということである。これはきわめて贅沢かつ貴重なことだ。

いま、時代はすべてを平準化し、大衆化し、情報の砂のほうへと流し去ろうとしている。現代詩はそれに対する抵抗の場としてかろうじて機能してきたと思われるが、その最良の成果のひとつであるこの『安藤元雄詩集集成』を、読者はどうか、読み解く労をいとわないでほしい。言葉のみ先行しがちなポエジーの実質とは何か、深くしみじみと知るためにも。

すでに記したことだが、安藤氏は『悪の華』の清新な翻訳でも知られる。さらに、長年にわたるボードレールについての論考を集めた『『悪の華』を読む』を二〇一八年に刊行した。そのあとがきに氏は、「けれども私がこの本を通じて、読者に本当に手渡したかったのは、詩を読むことの意味、ひいては詩そのものの存在証明だった」と書いているが、まさにこの『安藤元雄詩集集成』こそ、詩人安藤元雄がその実作において示すところの、もうひとつの「詩そのものの存在証明」にほかならない。

一九三四年（昭和九年）　三月十五日、現東京都港区白金台三丁目に父憲雄、母喜美の長男として生まれた。のちに弟三人、妹一人をもつ。憲雄は生命保険会社に勤務、喜美は品川区大崎広小路に大きな綿糸店「木屋」（戦災で焼失、廃業）を営んでいた鈴木家の長女。

一九四〇年（昭和一五年　六歳）　白金小学校に入学。母方の叔父がくれた興文社版の「小学生全集」を耽読。父に連れられてプラネタリウムを見、天文学にあこがれた。

一九四四年（昭和一九年　一〇歳）　九月、五年生で学童疎開に送られる。一年あまりの苛酷な合宿生活。

一九四五年（昭和二〇年　一一歳）　八月に敗戦。十二月に貨物列車で帰京。

一九四六年（昭和二一年　一二歳）　東京都立第一中学校(旧制)に入学。学制改革により翌年から新制高校の併設中学校を経て、そのまま改称後の都立日比谷高校に学ぶ。自宅に近い日本基督教団高輪教会に通い聖書を読み、受洗。教会で若い作曲家吉田照男を知り、読書や音楽鑑賞の手ほどきを受ける。

一九五一年（昭和二六年　一七歳）　高校三年生の春、右肺門部浸潤で一年間休学。親元で無為の生活を送った。堀辰雄、立原道造などを読み、「日比谷高新聞」に「『風立ちぬ』のこと」を書く。

一九五二年（昭和二七年　一八歳）　校友会雑誌「星陵」復刊第一号に「『鮎の歌』など」

と題する立原道造論を書き、三年生に復学。アテネ・フランセでフランス語を学ぶ。
一九五三年（昭和二八年　一九歳）　東京大学教養学部に入学。同級に降旗康男らがいた。同学内の「駒場詩人サークル」に入会し入沢康夫、岩成達也らを知る。このサークルの雑誌「詩のつどい」に初めて数篇の詩を発表、夏を信濃追分で過ごし、堀辰雄の旧宅で故人の蔵書の閲覧を許される。
一九五四年（昭和二九年　二〇歳）　五月、高校の同級生だった慶大生江頭淳夫（江藤淳）、千葉大生多田富雄らとともに同人雑誌「pureté」を創刊。
一九五五年（昭和三〇年　二一歳）　文学部仏文科に進学。鈴木信太郎、渡辺一夫、井上究一郎の指導を受け、仏文科助手の菅野昭正、大学院生清水徹らに兄事した。「pureté」を第四号から「位置」と改題。この夏信濃追分で初めて福永武彦を訪問、また前田透の誘いで白日社の「詩歌」に詩を寄せる。
一九五六年（昭和三一年　二二歳）　卒業論文のテーマにシュペルヴィエルを選び、資料借覧に初めて堀口大學を訪れる。
一九五七年（昭和三二年　二三歳）　三月、東大仏文科を卒業。「位置」同人小川惠以子との結婚を決め、大学院進学を諦めて就職を決意。この年九月、初めての詩集『秋の鎮魂』を位置社から刊行。宇佐見英治、山崎榮治、矢内原伊作らの「黒の会」に出席。
一九五八年（昭和三三年　二四歳）　四月、時事通信社入社、外信部に配属。夜勤が多いなど体にはつらい勤務だったが、緊迫した日々を送る。十月、渡辺一夫夫妻の媒酌で小川惠以子と結婚。以後、藤沢市辻堂に住む。
一九五九年（昭和三四年　二五歳）　シュペルヴィエル詩集『引力（抄）』『夜に捧ぐ』を翻訳し、平凡社の『世界名詩集大成』に収める。長男信雄誕生。
一九六〇年（昭和三五年　二六歳）　宇佐見英治のすすめでアランの『芸術について』を

矢内原伊作と共訳、白水社から刊行。
一九六一年（昭和三六年　二七歳）「位置」は第二一号までを出して刊行途絶。この号に初めての長詩「船と　その歌」を書く。その後は篠田一士、丸谷才一らの「秩序」に最年少の同人として参加。次男俊雄誕生。
一九六二年（昭和三七年　二八歳）シュペルヴィエルの短編「ノアの方舟」の翻訳を集英社の『世界短編文学全集』に収める。三月、時事通信社のパリ特派員として単身赴任、十八区のアパートに住む。詩作はまったく中断。
一九六三年（昭和三八年　二九歳）取材のためジュネーヴに出張ののち、六月に帰国。外信部に戻る。
一九六四年（昭和三九年　三〇歳）激務から病気がちとなり欠勤がふえる。
一九六五年（昭和四〇年　三一歳）「秩序」同人の橋本一明から大学への転職をすすめられ、一月に時事通信社を依願退社、四月、國學院大學文学部専任講師となる。外国語研究室で飯島耕一、渋沢孝輔を知り、詩作を再開。
一九六六年（昭和四一年　三二歳）シュペルヴィエルの短編「海原の娘」と「オルフェ」の翻訳を、中央公論社の『世界の文学・フランス名作集』に収める。この年サルトルが来日、東京での講演「知識人の役割」を聞く。
一九六七年（昭和四二年　三三歳）グラックの『シルトの岸辺』を翻訳、集英社の『二〇世紀の文学・世界文学全集』に収める。三年がかりの仕事だった。四月、辻堂南部地区の区画整理に反対する住民運動「辻堂南部の環境を守る会」の結成に参画、辻堂在住の松尾邦之助を知る。
一九六八年（昭和四三年　三四歳）國學院大學文学部助教授となる。「区画整理対策全国連絡会議」の結成に参加。相模湾の築港計画に反対する「新湘南港建設反対協議会」などにも参加。
一九六九年（昭和四四年　三五歳）　フロマンタンの『ドミニック』を翻訳して中央公論社の『新集・世界の文学』に収める。新潮社の『世界詩人全集』にタルデューの連作「ムッシュウ・ムッシュウ」の翻訳を収める。
一九七〇年（昭和四五年　三六歳）　ベケットの『名づけえぬもの』を翻訳して白水社から刊行。クロード・ロワ編『ジュール・シュペルヴィエル』（評論と選詩集）の翻訳を思潮社から刊行。日本コロムビアのレコード『モニック・モレリ大全集』のためアラゴン、ブリュアン、カルコらの、俗語による詩数十篇を訳す。
一九七一年（昭和四六年　三七歳）　ビゼーの歌劇『カルメン』の台本を翻訳し、日本コロムビアのレコードに添える。以後長期にわたり、『サムソンとデリラ』『ホフマン物語』など、フランス語台本によるオペラや歌曲の歌詞対訳または映像字幕などを担当する。
一九七二年（昭和四七年　三八歳）　第二詩集『船と　その歌』を思潮社から刊行。雑誌「ふらんす」にエッセー「フランス詩の散歩道」を連載。竹内書店刊の『バタイユ・ブランショ研究』にバタイユとブランショの文学論を訳す。
一九七三年（昭和四八年　三九歳）　四月、渋沢孝輔の招きで明治大学政経学部助教授に転ずる。五月、雑誌「ユリイカ」の臨時増刊「総特集・ボードレール」に評釈「旅への〈さそい〉」を執筆。新潮社の『カミュ全集』にカミュの政治評論若干を訳す。
一九七四年（昭和四九年　四〇歳）　グラックの『シルトの岸辺』の翻訳を単行本として集英社から刊行。『フランス詩の散歩道』を単行本にまとめて白水社から刊行。飯島耕一の詩集『ゴヤのファーストネームは』を装幀。
一九七五年（昭和五〇年　四一歳）　四月、松尾邦之助の死去に葬儀委員長をつとめる。エッセー集『椅子をめぐって』を昭森社から刊行。十月、明治大学政経学部教授となる。

コンスタンの『アドルフ』を翻訳、集英社の『世界文学全集』に収める。

一九七六年（昭和五一年　四二歳）　この年から三年間「東京新聞」に「詩の月評」を執筆。

一九七七年（昭和五二年　四三歳）　冨山房から復刊された萩原朔太郎編『昭和詩鈔』に解題を書く。

一九七八年（昭和五三年　四四歳）　住民運動論集『居住点の思想』を晶文社から刊行。人文書院の『ランボー全集』のため「ランボーの死後遺族と知人間に交わされた書簡」を訳す。

一九七九年（昭和五四年　四五歳）　エッセー集『イタリアの珊瑚』を小沢書店から刊行。また「詩の月評」を単行本にまとめ『現代詩を読む』と題して同書店から刊行。集英社『世界の文学』の『現代詩集』にボンヌフォアの詩十一篇を訳す。大修館書店『フランス文学講座・詩』に「《孤高》の詩人たち」など二章を執筆。栖橋汪子の企画する「街頭詩の試み」「街頭の断想」などの展示に参加。

一九八〇年（昭和五五年　四六歳）　第三詩集『水の中の歳月』を思潮社から刊行。高見順賞を受ける。

一九八一年（昭和五六年　四七歳）　既刊の『秋の鎮魂』と『船と　その歌』を併せた『安藤元雄詩集』を昭森社から刊行。ボードレールの詩集『悪の華』を全訳、集英社の『世界文学全集』に収める。東京創元社の『ジャン・コクトー全集』に、散文詩集『倚音集』を訳す。ジョイスの童話『猫と悪魔』を仏語版から翻訳、子供向けの絵本として文化出版局から刊行。思潮社から復刊された『マチネ・ポエティク詩集』に解題を書く。小沢書店の『堀口大學全集』の編集委員となり、足かけ八年をかけて全十三巻を刊行。

一九八二年（昭和五七年　四八歳）　『山崎榮治詩集』を宇佐見英治と共編。ベケットの

『モロイ』を翻訳し、筑摩書房の『世界文学大系』に収める。思潮社の現代詩文庫版『立原道造詩集』に解説を書く。十一月、父憲雄死去。

一九八三年（昭和五八年　四九歳）　矢内原伊作と共訳したアランの『芸術について』を単独責任で全面改訳し、『芸術についての二十講』と改題して白水社から刊行。ボードレール『悪の華』の翻訳を改訂増補し、単行本として集英社から刊行（自装）。現代詩文庫版『安藤元雄詩集』を思潮社から刊行、あらたに編集翻訳した『シュペルヴィエル詩集』をほるぷ出版から刊行。この春から一年間、明治大学在外研究員として妻とともにパリに滞在、十五区のアパートに住む。その間、中村真一郎夫妻とともにイタリアに旅したほか、スリジー＝ラ＝サールでのボンヌフォア研究の合宿に参加、グラックを訪問。十二月、「メタ伝統を求めて」と題し、日本の近代詩についてフランス語で講演。パリの詩人ジェラール・マセと親交を結ぶ。

一九八四年（昭和五九年　五〇歳）　四月帰国。十二月、シュペルヴィエルの生誕百年を記念してパリの国立図書館で開かれた「シュペルヴィエル展」のオープニングに招かれ、数日間だけ渡仏。

一九八五年（昭和六〇年　五一歳）　グラックの『アルゴールの城にて』を翻訳して白水社から刊行。福島秀子のデカルコマニー五点に詩を添えた組詩『坐る』を限定版の小型本として書肆山田から刊行。集英社刊の詩画集『マリー・ローランサンの扇』の監修者となり、ローランサンの詩文集『夜の手帖』（抄）などを訳す。

一九八六年（昭和六一年　五二歳）　第四詩集『この街のほろびるとき』を小沢書店から刊行。八月、古屋奎二夫妻の案内で、清水徹夫妻や妻とともに台北の故宮博物院を訪問。

一九八七年（昭和六二年　五三歳）　この年から五年間、高見順賞の選考委員をつとめる。

一九八八年（昭和六三年　五四歳）　第五詩集『夜の音』を書肆山田から刊行。現代詩花椿賞を受ける。明治大学人文科学研究所の総合研究「詩学研究」の責任者となる。歌劇『ホフマン物語』の台本を絵入りの単行本として新書館から刊行。十月、国際交流基金の派遣によりベオグラードの国際作家会議に妻同伴で出席、「亡命と日本文学」と題して報告、各地を訪問。ベオグラード大学の助手だった山崎佳代子を知る。

一九八九年（昭和六四年・平成元年　五五歳）　この春から一年間、慶応義塾大学の詩学講座に出講。夏の間マセと住まいを交換し、妻とともにモンマルトルのマセ家で暮す。そのあとイタリアを尋ね、ローマからミラノまでを車で旅行。十一月、イラクの「ミルバード詩祭」に招かれ、妻同伴でバグダードを訪問、バグダード外国語大学で自作詩を朗読。バビロン、ニネヴェなどの遺跡を見る。

一九九〇年（平成二年　五六歳）　ボードレール『悪の華』を改訂して『集英社ギャラリー世界の文学』に収める。

一九九一年（平成三年　五七歳）　四月、ボードレール『悪の華』を集英社文庫から刊行。五月、明治大学の公開講座で「宮沢賢治の詩」と題して二回にわたり講演。東京創元社の『齋藤磯雄著作集』の編集委員となる。筑摩書房『世界文学大系』の『名詩集』にヴィクトル・ユゴーの詩十五篇を訳す。

一九九二年（平成四年　五八歳）　一月、明治大学の特別研究員として妻とともに三週間アメリカを訪問。ナッシュヴィルのボードレール研究センターやリッチモンドのポー博物館を訪れる。第六詩集『カドミウム・グリーン』を思潮社から刊行。十二月、母喜美死去。

一九九三年（平成五年　五九歳）　「詩学研究」の成果を単行本『詩的ディスクール』（乾昌幸と共編）として白凰社から刊行。六月、狭心症の発作で入院し、冠動脈のカテーテル手術を受ける。

一九九四年（平成六年　六〇歳）　四月、妻とともにカンボジアのアンコール・ワットを訪れ、またプノンペン近郊の大量虐殺跡などを見る。この年から四年間、現代詩花椿賞の選考委員をつとめる。明治大学で「ヨーロッパ文化研究」のゼミを受け持ち、フランスの新聞を教材に欧州の通貨統合を追う。

一九九六年（平成八年　六二歳）　雑誌「るしおる」に長詩「樹下」の連載を開始。この年から土井晩翠賞の選考委員となる。九月から翌年一月まで、明治大学の短期在外研究員として妻とともにパリに滞在、十七区に住む。ネルヴァル展を見、「ル・モンド」紙の元東京特派員ロベール・ギランに会う。

一九九七年（平成九年　六三歳）　十月、ふたたびベオグラードの国際作家会議に招かれ、単身で出張。「海図なき航海」と題して報告。

一九九八年（平成一〇年　六四歳）　二月から「現代詩手帖」に連作「めぐりの歌」を連載、このため「樹下」の制作は一時中断。渋沢孝輔、入沢康夫と共編の『フランス名詩選』を岩波文庫から刊行。筑摩書房の『マラルメ全集』第三巻に『折りふしの詩句』を訳し、解説を執筆。この年から高見順文学振興会の理事となる。十月、仙台文学館で富永太郎について粟津則雄と対談。

一九九九年（平成一一年　六五歳）　三月、立原道造の「風信子忌」で「詩人の危機」と題して講演。三月に完結した『めぐりの歌』を、単行本として六月に思潮社から刊行。萩原朔太郎賞を受け、十月、前橋で受賞式のあと「詩人という井戸」と題して記念講演。

二〇〇〇年（平成一二年　六六歳）　明治大学評議員となる。三月から五月まで、前橋文学館で『安藤元雄展』が開かれ、オープニングの催しで小栗康平と対談。八月から二週間、財部鳥子・金井常吉夫妻の案内で妻とともにタンザニアへの旅に加わる。オペラ台本『カルメン』を改訳し音楽之友社から刊行。

二〇〇一年（平成一三年　六七歳）　日本近代文学館の評議員となる。四月末から一週間、妻とともに中国西安に滞在、各種の遺跡を見る。北上の日本現代詩歌文学館賞の選考委員となる。九月、財部鳥子編集による短詩集『むずかしい散歩』をアートランドから刊行。同月、詩論集『フーガの技法』を思潮社から刊行。日仏会館の文化講座で「泥まみれの詩人金子光晴」と題して講演。

二〇〇二年（平成一四年　六八歳）　芸林書房の小冊子『立原道造詩集』を編集。四月から一年間、上智大学仏文科で翻訳演習を担当。明治大学では「十九世紀フランス市民社会の文化的位相」と題して『悪の華』について講義。五月、紫綬褒章を受ける。十一月、山口県秋吉台の国際芸術村での現代詩セミナーで「詩と伝統」を講演。

二〇〇三年（平成一五年　六九歳）　十月、グラックの『シルトの岸辺』の翻訳を改訂し「ちくま文庫」で再刊。詩集『わがノルマンディー』を思潮社から刊行。筑摩書房の新しい『立原道造全集』の編集委員となる。

二〇〇四年（平成一六年　七〇歳）　三月、明治大学を停年退職、名誉教授の称号を受ける。詩集『わがノルマンディー』により詩歌文学館賞と藤村記念歴程賞を受ける。六月、中京大学での四季派学会夏期大会で「立原道造の新しい全集について」と題して報告。十二月、前橋市で開かれた「伊藤信吉の会」で「伊藤信吉の功績」と題して講演。中村稔、大岡信とともに三省堂書店の『日本現代詩大事典』の監修者となる。

二〇〇五年（平成一七年　七一歳）　二月、いわき市の草野心平記念文学館で「詩の矢の遠く届くところ」と題して講演。九月、日本現代詩人会の会長に選任される。十月、信濃追分の公民館で「堀辰雄と雪」と題して講演。十一月、神奈川大学エクステンションセンターで「ボードレールと近代」を講義。

二〇〇六年（平成一八年　七二歳）　七月から二年半、「読売新聞」に「詩」と題する月評を連載。十一月、筑摩書房の『立原道造全集』第一巻に解題を執筆。日仏会館の定例講演会で「萩原朔太郎とフランス」と題して講演。
二〇〇七年（平成一九年　七三歳）　一月、『北原白秋詩集』上下二巻を編集して岩波文庫から刊行。八月、任期満了により日本現代詩人会会長を退く。十二月、『立原道造全集』第二巻に解題を執筆。
二〇〇八年（平成二〇年　七四歳）　二月、三省堂の『現代詩大事典』刊行。現代詩文庫版『続・安藤元雄詩集』を思潮社から刊行。
二〇〇九年（平成二一年　七五歳）　五月、瑞宝中綬章を受ける。八月下旬、急性胆管炎のため緊急入院。
二〇一〇年（平成二二年　七六歳）　筑摩書房の『マラルメ全集』第一巻のため、マラルメのソネなど数篇を訳す。五月から六月にかけ、日仏会館の教養講座で四回にわたり「フランスの詩における近代」と題して講義。
二〇一一年（平成二三年　七七歳）　日本現代詩歌文学館の振興会副会長となる。
二〇一二年（平成二四年　七八歳）　二月、心臓冠動脈のバイパス手術と弁膜置換手術を受け、身体障害者となる。池田康の雑誌「洪水」に協力し、野村喜和夫と対談したほか、作曲家諸井誠との往復書簡を執筆。
二〇一三年（平成二五年　七九歳）　五月、岩波文庫版の堀口大學『月下の一群』に解説を書く。
二〇一四年（平成二六年　八〇歳）　一月、グラック『アルゴールの城にて』、二月、同『シルトの岸辺』の翻訳を岩波文庫から再刊。それぞれに改訂を加える。四月、「中村真一郎の会」の年次総会で『マチネ・ポエティク詩集』についての座談会に参加。六月、日本現代詩人会から「先達詩人の顕彰」を受ける。日本近代文学館の監事となる。
二〇一五年（平成二七年　八一歳）　長く未完のままだった長詩『樹下』を完成し、九月に書肆山田から刊行。

二〇一六年（平成二八年　八二歳）　雑誌「洪水」に談話「ボードレールとオッフェンバック」を掲載。

二〇一七年（平成二九年　八三歳）　日本現代詩人会の名誉会員となる。

二〇一八年（平成三〇年　八四歳）　五月、これまでのボードレール論考をまとめた『『悪の華』を読む』を水声社から刊行。

詩集『秋の鎮魂』
序＝福永武彦　装幀＝増尾昇吾　栞＝手塚久子・江藤淳
一九五七年九月一〇日　位置社

物語（「位置」七号＝一九五六年三月）　13
初秋（「詩のつどい」五号＝一九五三年）　15
おそい午後（「詩歌」一九五五年一月号）　17
犬の歌（「詩歌」一九五五年一月号）　18
メルヘン（「pureté」二号＝一九五四年九月）　20
黒い眼（「位置」六号＝一九五五年一二月）　22
ロマン（「詩歌」一九五五年二月三月合併号）　26
水へ行く道（「位置」一〇号＝一九五六年一二月）　30
神話（未発表）　31
血の日没（「位置」一二号＝一九五七年六月）　32
手相（「位置」一二号＝一九五七年六月）　34
木乃伊海岸（「位置」四号＝一九五五年六月）　36

秋の鎮魂（「位置」一〇号＝一九五六年一二月）　39
舞踏会（「詩歌」一九五五年一一月一二月合併号）　41

＊

詩集『船と　その歌』
銅版口絵＝駒井哲郎　割付装本＝入沢康夫　製作担当＝八木忠栄
一九七二年三月一日　思潮社

船と　その歌（「位置」二一号＝一九六一年三月）　47
煤（「素描」五号＝一九五九年二月）　57
からす（「メタフィジック詩」創刊号＝一九五八年七月）　59
森（「位置」二〇号＝一九六〇年六月）　62
銀杏（「位置」一七号＝一九五九年四月）　68
雨が降る（「位置」一五号＝一九五八年五月）　73
薄暮（「秩序」八号＝一九六一年冬）　77
顔（「秩序」九号＝一九六一年夏）　80
戸棚（「アルビレオ」三〇号＝一九五八年七月）　83
樹（「秩序」一〇号＝一九六二年夏）　86
無言歌（「詩と批評」一九六六年一二月号）　90
帰郷（「現代詩手帖」一九六七年一一月号）　92
腕（「現代詩手帖」一九六九年三月号）　97

魚を眠らせるための七節の歌・竝に反歌（「現代詩手帖」一九七二年一月号）　102

＊

詩集『水の中の歳月』
装画＝瀧口修造　製作担当＝八木忠栄
一九八〇年一〇月一日　思潮社　（第一一回高見順文学賞受賞）

むずかしい散歩（「同時代」二八号＝一九七二年一〇月）　109
帰れ（「ユリイカ　現代詩の実験」一九七二年）　111
水の中の歳月（「ユリイカ」一九七三年八月号）　117
冬の想い（「現代詩手帖」一九七四年四月号）　125
鳥（「ユリイカ」一九七四年五月号）　129
平原にて（「早稲田文学」一九七四年六月号）　133
渚へ（「現代詩手帖」一九七四年八月号）　136
眼（「読売新聞」一九七五年一〇月一九日）　139
白い風車（「現代詩手帖」一九七六年一月号）　141
紫陽花（「本の手帖」二一号＝一九七七年七月）　143
地の衣（「現代詩手帖」一九七七年一月号）　146
訪れ（「三銃士」二号＝一九七七年九月）　148
火の鳥（「現代詩手帖」一九七七年九月号）　150
悼（「展開図」一〇号＝一九七八年五月）　156

脚（「文學界」一九七八年三月号） 159
祭（「ユリイカ」一九七八年一一月号） 161
沈む町（「街頭詩の試み」第一回＝一九七九年五月） 166
窓（「朝日新聞」一九七九年八月二三日） 168
海から来た女（「本の手帖」二五号＝一九八〇年四月） 170
橋（「現代詩手帖」一九八〇年四月号） 175

＊

詩集『この街のほろびるとき』
装画＝難波田龍起
一九八六年八月二〇日　小沢書店

シエナの南（「読売新聞」一九八〇年九月二六日夕刊） 183
にあらとじ（「ユリイカ　現代詩の実験」一九八〇年） 185
音楽　あるいは踏絵（「現代詩手帖」一九八一年三月号） 192
道化師の朝の歌（「毎日新聞」一九八一年七月一一日夕刊） 195
夢物語（「黄金時代」五号＝一九八五年一〇月） 198
枯野行（「日本経済新聞」一九八三年二月六日） 202
だまし絵（「現代詩手帖」一九八一年九月号） 205
真昼の壺（「すばる」一九八二年三月号） 208
海の顔（「海」一九八一年五月号） 215

雨傘（「神奈川新聞」一九八二年一〇月二〇日） 218
フランドルの雲（「日本経済新聞」一九八三年二月二〇日） 220
夏の花々（「現代詩手帖」一九八四年九月号） 223
海辺の時（「抒情文芸」三四号＝一九八五年四月） 226
この街のほろびるとき（「街頭の断想」一九八二年五月） 229
死者の笑い（「日本経済新聞」一九八三年二月一三日） 231
夢のように（「ユリイカ　現代詩の実験」一九八五年） 234
戸口（「現代詩手帖」一九八六年一月号） 238
坐る（「ユリイカ　現代詩の実験」一九八四年） 241
＊
見えない街への手紙（「手紙」七号＝一九八六年三月） 247

＊

詩集『夜の音』
装幀＝吉岡実　装画＝落合茂
一九八八年六月一〇日　書肆山田　（第六回現代詩花椿賞受賞）

夜の音（「ユリイカ」一九八二年二月号） 253
祈り（「日本経済新聞」一九八三年三月二七日） 256
悪意（「小説新潮」一九八六年七月号） 259
予言者たちの冬（「東京新聞」一九八二年一月五日夕刊） 261

三つの影（「ユリイカ」一九八四年八月号）　263
歌（「現代詩手帖」一九八二年一月号）　266
狼（「現代詩手帖」一九八五年一月号）　269
アダージオ（「毎日新聞」一九八六年九月二九日夕刊）　272
寝息（「現代詩手帖」一九八七年一月号）　274
焼串（「ユリイカ」一九八七年一二月号）　277

＊

詩集『カドミウム・グリーン』
装幀＝芦沢泰偉　表紙写真＝オノデラユキ　栞＝神山睦美・建畠晢
一九九二年一〇月二〇日　思潮社

Ⅰ　カドミウム・グリーン

カドミウム・グリーン（「ユリイカ　現代詩の実験」一九八六年）　285
待避命令（「文藝春秋」一九八八年四月号）　290
ちまたの歌（「朝日新聞」一九八八年一二月二日夕刊）　292
砦（「現代詩手帖」一九九〇年一月号）　294
野鼠（「潭」九号＝一九八七年九月）　298
暦（「花神」五号＝一九八八年九月）　304
吸殻（『現代の詩・一九九一』大和書房）　306
ある転生のための下書き（「ユリイカ」一九九〇年六月号）　308

垂れ流しの歌（「現代詩手帖」一九九一年八月号）　313
時の終り（「読売新聞」一九九二年五月二四日夕刊）　317
アンモナイト（「現代詩手帖」一九九二年八月号）　320

II　Ut pictura poesis

マドレーヌ（「読売新聞」一九九〇年三月三日夕刊）　329
黒衣の人（「読売新聞」一九九〇年三月一〇日夕刊）　332
蛇への恋唄（「読売新聞」一九九〇三月一七日夕刊）　335
窓べのクリオ（「読売新聞」一九九〇年三月二四日夕刊）　338
マドレーヌ　ふたたび（「読売新聞」一九九〇年三月三一日夕刊）　341
三人天使（「詩学」一九九〇年八月号）　344

＊

『めぐりの歌』
装幀＝夫馬孝
一九九九年六月二五日　思潮社　（第七回萩原朔太郎賞受賞）

1　百年の帳尻　349
2　冬の蛹　354
3　血のしみた地　358
4　ながらえる者の嘆き節　363

（「現代詩手帖」一九九八年二月号から一一月号、一九九九年一月号から三月号にかけ、十三回にわたり連載）

＊

詩集『わがノルマンディー』
装幀＝森本良成
二〇〇三年一〇月二〇日　思潮社　（第一九回詩歌文学館賞・第四二回藤村記念歴程賞受賞）

わがノルマンディー

墓標（「ユリイカ」一九九八年一月号） 424
秋は柿の実（「現代詩手帖」二〇〇一年一月号） 427
大聖堂へ（「ミッドナイト・プレス」一三号＝二〇〇一年九月） 430
白い蛾（「現代詩手帖」二〇〇一年九月号） 433
聖女の首（「現代詩手帖」二〇〇三年一月号） 436
越境（「ユリイカ」一九九九年五月号） 439
土饅頭（「新風信子」一号＝二〇〇一年六月） 444
ベッティーナ　あるいは別の方法（「ユリイカ」二〇〇三年一月号） 448

一輪車で遊ぶ少女

花（「抒情文芸」一〇七号＝二〇〇三年夏） 455
霜（「文藝春秋」二〇〇三年一月号） 457
日曜日（「毎日新聞」二〇〇一年九月三日夕刊） 459
家々の屋根が……（「前橋文学館友の会会報」七号＝二〇〇〇年一二月） 462
手あぶり（「ミモザ通信」三号＝一九九六年二月） 464
引地川（「市政」一九九五年一一月号） 466
石段道の眺め（『資料・現代の詩 2001』） 468
一輪車で遊ぶ少女（「文學界」一九九四年四月号） 470
まごむすめ（「朝日新聞」一九九四年四月一日夕刊） 472

むなしい塔

風のむこう（「新潮」二〇〇〇年一月号） 477

むなしい塔（「読売新聞」一九九八年二月一九日夕刊）　483

＊

『樹下』
装幀＝菊地信義
二〇一五年九月五日　書肆山田

（一九九六年から二〇一五年にかけ、「るしおる」「現代詩手帖」その他に掲載された断片により構成）

安藤元雄詩集集成

二〇一九年一月一五日第一版第一刷印刷　二〇一九年一月二五日第一版第一刷発行

著者――安藤元雄

装幀者――山崎登

発行者――鈴木宏

発行所――株式会社水声社
東京都文京区小石川二―七―五　郵便番号一一二―〇〇〇二
電話〇三―三八一八―六〇四〇　ＦＡＸ〇三―三八一八―二四三七
［**編集部**］横浜市港北区新吉田東一―七七―一七　郵便番号二二三―〇〇五八
電話〇四五―七一七―五三五六　ＦＡＸ〇四五―七一七―五三五七
郵便振替〇〇一八〇―四―六五四一〇〇
URL : http://www.suiseisha.net

印刷・製本――モリモト印刷

ISBN978-4-8010-0387-3